AF138126

Emma Turk

Auf der Suche nach verlorenen Schätzen

Rückblicke auf mein Leben

novum ☁ pro

Bibliografische Information
der Deutschen Nationalbibliothek:

Die Deutsche Nationalbibliothek
verzeichnet diese Publikation in
der Deutschen Nationalbibliografie.
Detaillierte bibliografische Daten
sind im Internet über
http://www.d-nb.de abrufbar.

© 2024 novum Verlag

ISBN 978-3-99146-256-9
Lektorat: DK
Umschlagfoto:
Trendsetterimages I Dreamstime.com
Umschlaggestaltung, Layout & Satz:
novum Verlag

www.novumverlag.com

Für Hassan

Inhaltsverzeichnis

PROLOG

Während eines Aufenthaltes im Libanon fragte mich unser Reiseleiter Ahmet an einem der freien Nachmittage, ob ich Lust und Zeit hätte, ihn zu einer jüngst erfolgten Ausgrabung am Fuß des Chouf zu begleiten. Er sei sich unsicher, ob er das Mosaik, das dort vor Kurzem vom Kulturverein des Ortes freigelegt worden sei, in Zukunft in sein Besichtigungsprogramm aufnehmen solle oder nicht. Gerne würde er meine Meinung dazu hören.

Natürlich hatte ich Lust, Ahmets Bitte nachzukommen und stapfte alsobald hinter ihm durch eine Wiese mit mannshohen Gräsern. An diesem Nachmittag warf die Sonne ihren vollen Glanz in das versteckte Tal zwischen den Bergen des Chouf und übergoss den Bach, an dem wir entlangliefen, immer wieder mit glitzerndem Silber und Gold. Hochbeinige Heuschrecken hüpften vor uns her und erzeugten dabei betörende Laute, einen nicht enden wollenden Singsang über Himmel und Erde, Sonne, Wolken und duftendes Gras. Aus der Ferne hörten wir lautes Lachen und Rufe von Menschen, die sich wie wir an der zauberhaften Stimmung erfreuten.

Und dann lag plötzlich vor unseren Füßen im Gras eine Marmorplatte, in die ein Mosaik eingelassen war. In fremder Schönheit lag sie da, die Lady aus Keramik und Glas.

Sofort trat auch die Versehrtheit der Dame in Erscheinung, denn viele Mosaikteile fehlten, im Gesicht, am Hals, im elegant geschürzten Gewand, an den anmutig gesetzten Füßen, mutwillig herausgerissen oder über Jahrhunderte hinweg von Wind und Wetter angegriffen und vom Regen ausgespült, wer weiß.

Von ihrer Anmut hatte die Gestalt dennoch nichts eingebüßt. Vielmehr lag sie in ehemaliger Eleganz und Herrlichkeit zwischen den groben Gesteinsbrocken verborgen, die man wohl bei ihrer Entdeckung um sie herum aufgehäuft hatte, um sie vor weiteren Verwüstungen zu schützen.

So viel Schönheit verschlug mir die Sprache.

„Natürlich musst du diese Pracht all deinen Touristen zeigen, sobald dies von eurem Kulturverein erlaubt wird. Das hier ist für mich das Wunderbarste, was ich bisher in deinem Land gesehen habe, das darf man niemandem vorenthalten" meinte ich schließlich und strich dabei über die Gräser, die an einigen Stellen aus dem Mosaikgefüge wucherten.

Für ein Foto bedeckte ich danach mit einer Hand das verlorene rechte Auge der Lady, bevor Ahmet und ich beglückt über den wunderbaren Fund zwischen Gras und Stein den Rückweg durch das Tal zwischen den Bergen des Chouf antraten.

An der Kulturreise durch den Libanon hatte ich teilgenommen, weil ich auch nach vielen Jahren noch immer unter der Trennung von meinem einstigen Geliebten Hassan litt. Dieser hatte als ehemaliger palästinensischer Flüchtling seine Wurzeln im Libanon, und ich wollte ihn dort mit meiner Seele suchen.

Hassan hatte ich während eines Kurzurlaubs in Berlin kennengelernt und mich sofort in ihn verliebt. Nicht zuletzt hatte er mich mit seinen melancholischen Gesängen betört, die er hören ließ, wenn es um Gefühle ging. Darüber hinaus war es seine warme Ausstrahlung, die mir überaus guttat. Und natürlich hatte sein exotisches Flair meine Neugier geweckt.

Von dem Augenblick an, an dem ich zum ersten Mal in seinen Armen gelegen und seinen Herzschlag gespürt hatte, konnte ich nicht mehr von ihm lassen.

Und so wagte ich das Unmögliche:

Während der Zeit unserer Begegnungen durfte Hassan als Asylsuchender die Grenzen von Westberlin nicht verlassen. Daher musste ich, wenn wir uns sehen wollten, zu ihm nach Westberlin reisen.

Wohl lebte ich bereits von meinem Ehemann getrennt, mit dem ich zwei Kinder hatte, war aber innerlich noch fest in dem christlich-konservativen Milieu meines Elternhauses verhaftet. Daher musste ich mir jede dieser Reisen erkämpfen. Doch trotz meines permanent schlechten Gewissens wegen meines vermeintlich ungehörigen Verhaltens zog es mich immer wieder in die ungestümen und zugleich so zärtlichen Umarmungen meines überaus attraktiven Geliebten.

Zwischen unseren Begegnungen telefonierten wir miteinander und schrieben Briefe, in denen wir uns die Sehnsucht mitteilten, die damals in uns beiden wütete und uns immer wieder ewige Treue schwören ließ.

Früh war uns beiden bewusst, dass wir uns in eine „Amour Fou" verstrickt hatten, ich, die brave kleine Lehrerin aus der süddeutschen Provinz und er, der ehemalige Freiheitskämpfer, der im Libanon in einem palästinensischen Flüchtlingslager aufgewachsen war.

Ja, wir waren zwei Königskinder, die nicht zueinanderkommen konnten, weil das Wasser zwischen uns viel zu tief war.

Zunächst versuchten wir, die Aussichtslosigkeit unserer Liebe zu ignorieren. Dann setzten wir wütend dagegen, indem wir aus leidenschaftlichem Trotz in voller Absicht ein Kind zeugten. Es war von uns beiden als Garant für ein „Für immer" gemeint, das uns doch nicht beschieden war.

Nein, unbarmherzig riss das Leben uns bereits wenige Monate nach der Geburt unseres Sohnes Amal auseinander.

Die Wunden, die dabei entstanden, schmerzten tief und werden wohl bei keinem von uns beiden jemals ganz verheilen.

TEIL I

In Kolumbien

Dem Abschied von Hassan war bereits ein anderes sehr schmerzliches Verlusterlebnis vorausgegangen:

Zwei Jahre zuvor waren mein Mann Gregor und ich im Rahmen eines Entwicklungsdienstes mit unseren beiden Kindern nach Kolumbien gereist und hatten uns dabei auf einen Aufenthalt von fünf Jahren eingestellt. Doch bereits nach nur fünfzehn Monaten mussten wir zu meinem großen Bedauern Kolumbien wieder verlassen. Der Grund war ein berufliches Angebot für Gregor aus einer Universitätsstadt in Deutschland, das er sich nicht entgehen lassen wollte. Also ging es mit Sack und Pack vorzeitig wieder nach Deutschland zurück.

Obwohl unsere familiäre Situation während des gesamten Auslandsaufenthaltes einem sehr fragilen Gebilde glich, war ich in dem fremden Land glücklich gewesen:

Zum ersten Mal hatte ich mich frei gefühlt und überaus motiviert, diese Freiheit auf ihre Dehnbarkeit hin auszuprobieren. So war mir die Tatsache, dass wir unseren früheren Wohnort in der süddeutschen Provinz mit einer riesengroßen Stadt getauscht hatten, die unendlich viel Neues zum Entdecken und zum Erleben bot, zu einem spannenden Abenteuer geworden.

In den ersten sechs Monaten war ich täglich mit meinem zweijährigen Söhnchen Jonathan irgendwo in der Stadt unterwegs. Da ich Spanisch sprach, war es mir ein Leichtes, mich mit den Einheimischen zu verständigen.

Diesen begegneten wir auf unseren Entdeckungstouren vor allem in den Taxis, die uns für ein paar Pesetas zuverlässig in jeden angegebenen Winkel der Stadt fuhren, aber auch in den Straßen, die wir mit viel Lust und Laune durchstreiften.

Die Kolumbianer liebten sowohl mich als auch meinen kleinen Sohn, so schien es, denn überall, wo wir auftauchten, blieben Leute stehen und sprachen uns freundlich an. Oft wurde ich mit Fragen geradezu bestürmt, wie der Kleine heiße, wie alt er sei, aus welchem Land wir kämen, wie es uns in Kolumbien gefalle, in welchem Stadtteil wir lebten. Manchmal wurde es schwierig, uns loszureißen, aber zu keinem Zeitpunkt spürte ich auch nur den Hauch einer Gefahr, weder für mich noch für meinen Kleinen, den die Vorübergehenden wegen seiner blonden Haare „que lindo!" (wie hübsch) fanden.

Jonathan selbst schien die Aufmerksamkeit der Passanten zu gefallen, denn stets freute er sich, wenn ich ihm eine neue Unternehmung ankündigte.

Waren wir dann an irgendeinem der Ziele angekommen, die von dem Reiseführer als sehenswert gepriesen wurden, hüpfte er fröhlich an meiner Hand neben mir her, Lärm und Gedränge schienen ihn nie zu stören. Wenn wir müde, hungrig oder durstig waren, kauften wir eine der süßen und überaus saftigen Orangen, die an allen Ecken und Enden in kleinen Verkaufsbuden, Bauchläden oder auch Dreiradkarren angeboten wurden. Oder wir tranken einen jener köstlichen Säfte, die stets vor unseren Augen frisch gepresst wurden, je nach Verlangen und Angebot aus einer Ananas, einer Maracuja, aus Zitrusfrüchten oder Mangos. Allen Warnungen zum Trotz, auf der Straße keine ungekochten Lebensmittel zu verzehren, wurde uns niemals übel, im Gegenteil, immer konnten wir uns nach unseren Erfrischungen gestärkt auf den Heimweg machen.

Dabei fand ich es überaus praktisch, dass man von jedem Punkt der Stadt ein vorüberfahrendes Taxi anhalten konnte, das einen von wo aus auch immer bis vor die eigene Haustür brachte. Dort bat ich den Taxifahrer zu warten, brachte dann zuerst den Jungen ins Haus und übergab ihn unserer Muchacha (Hausmädchen), dann holte ich aus meinem Zimmer das Geld, mit dem ich den Taxifahrer bezahlte. Auf diese Weise musste ich auf unseren Streifzügen stets nur den geringen Geldbetrag für die Hinfahrt im Taxi und die spätere Erfrischung mit mir führen, was wesentlich zu meinem Gefühl der Sicherheit beitrug.

Außerdem hielt ich mich an die allgemeine Empfehlung, in den Straßen der Stadt weder Schmuck zu tragen noch eine Uhr noch aufwendige Kleidung. Auch führte ich keine Handtasche und keinen Fotoapparat mit mir, sondern hielt nur meinen Kleinen fest an meiner Hand.

Schön waren sie, unsere Unternehmungen, schön, spannend und unvergesslich.

Als ich mich mit der neuen Umgebung einigermaßen vertraut gemacht hatte, unsere Tochter Rebecca in der Schule war, Jonathan in einer Kita betreut wurde und Gregor sich von früh bis spät außer Haus aufhielt, bewarb ich mich als sogenannte „Ortskraft" an der Deutschen Schule.

Umgehend bekam ich eine halbe Stelle als Fachlehrerin für Deutsch, Musik und Bildende Kunst.

Da ich auf meinen Job nicht wirklich angewiesen war konnte ich mich auf eine neue Weise ausprobieren und mir Verhaltensweisen leisten, die ich mir an der kleinen Dorfschule, an welcher ich zuvor unterrichtet hatte, nie erlaubt hätte.

Das Bewusstsein, dass ich auch nach einem eventuellen „Rausschmiss" zurechtkäme, und zwar sowohl in emotionaler als auch in finanzieller Hinsicht, eröffnete mir einen großen Handlungsspielraum. Vor diesem Hintergrund meldete ich mich bereits an meinem dritten Schultag, an dem spontan eine Gesamtlehrerkonferenz anberaumt worden war, vor meinen einhundertachtundsiebzig neuen Kolleginnen und Kollegen zu Wort, um einen soeben gefällten Schul-Beschluss zu kritisieren.

Dieser betraf einen Schüler, der in der Vorwoche aus dem Musikraum ein Tonbandgerät entwendet hatte, um an seiner Geburtstagsfeier bei sich zu Hause Musik abspielen zu können.

Einem Redebeitrag nach wuchs der sechzehnjährige Junge unter schwierigen Umständen auf und war zuvor schon wegen kleinerer Delikte bestraft worden. Sein neuester Verstoß wurde jetzt von der gesamten Lehrerschaft scharf gerügt, anschließend wurde der Junge der Schule verwiesen.

Erstaunt und zugleich schockiert meldete ich meine Bedenken gegen das in meinen Augen viel zu harte Urteil an. Dabei verwies ich auf die Gepflogenheiten im damaligen West-Deutschland,

Jugendlichen bei leichteren Vergehen während der Pubertät eher Hilfe anzubieten, als sie rigoros zu bestrafen und damit ihre Zukunft schwer zu belasten. Die Antwort war ein allseitiges Geraune, bis der Direktor das Wort ergriff und die Erklärung abgab, man würde hier und jetzt nach den Regeln vorgehen müssen, die hier und jetzt gültig seien.

Anschließend wurde über das Urteil abgestimmt.

Einhundertsechsundsiebzig Lehrkräfte waren für die Durchführung der Bestrafung, eine Lehrerin enthielt sich der Stimme und einzig und allein ich stimmte dagegen.

Als ich die Versammlung verließ, war mir dann doch ziemlich mulmig zumute.

Zufällig war für den Abend dieses Tages in der Schule eine Begrüßung der neuen Lehrkräfte vorgesehen.

Wegen meines Alleingangs am Vormittag hätte ich mich am liebsten vor dieser Veranstaltung gedrückt, war ich mir doch nicht sicher, welche Reaktionen ich vonseiten der Kollegen und Kolleginnen zu erwarten hatte.

Doch dann war ich sehr überrascht, als mich sofort nach meinem Erscheinen ein ganzer Pulk von Leuten umringte, die mir zuprosteten und gratulierten, für meinen Mut, für meine Jugend und für meinen Idealismus, den sie, wie sie eifrig versicherten, auch alle einmal besessen, während der langen Jahre ihrer Berufstätigkeit aber leider verloren hätten.

Das so positiv verlaufene Ereignis bestärkte mich in meinem Drang, in meinem alltäglichen Unterricht neue Wege einzuschlagen. So führte ich beispielsweise in meiner Deutschklasse, die von Fünfzehn- bis Sechzehnjährigen besucht wurde, folgende Sitzordnung ein:

Während meiner Unterrichtsstunden saßen wir alle im Kreis, und auch ich saß mitten unter den Jugendlichen statt an meinem vorgesehenen Platz am Pult. Den jeweils zu behandelnden Stoff dozierte ich nicht, vielmehr führte ich meine Schülerinnen und Schüler über gemeinsame Gespräche an die Themen heran, die laut Lehrplan zu bearbeiten waren. Geäußerte Zweifel und

Widersprüche waren dabei ausdrücklich erwünscht, provozierten sie doch meistens spannende Diskussionen. Diese Methode führte sehr bald zu einem lebendigen Unterricht.

Dass ich überdies vom üblichen Verfahren, täglich eine Hausaufgabe zu erteilen abwich und stattdessen jedem Schüler und jeder Schülerin pro Quartal ein Thema zuwies, über welches ein Referat gehalten werden musste, kam ebenfalls gut an, zumindest bei den Jugendlichen.

Diese lieferten in der Folge derart interessante Beiträge zur allgemeinen Textanalyse, zu Gedichtinterpretationen, aber auch zu den in Kolumbien vorherrschenden gesellschaftlichen und sozialen Verhältnissen, dass alle Arbeiten mit guten Noten zu bewerten waren.

Der Frieden währte indes nicht sehr lange, denn in meiner Klasse saß ein Mädchen, dessen Mutter als Kollegin ebenfalls Deutsch unterrichtete. Diese Lehrerin war nun mit dem, was sie von ihrer Tochter über meine Unterrichtsmethode erfuhr, ganz und gar nicht einverstanden. Von der Besorgnis getrieben, Elisa könne nach der geplanten Rückkehr nach Deutschland wegen mangelnder Deutschkenntnisse den Anschluss an ihre Klassenstufe versäumen, schlug die Mutter Alarm und sorgte dafür, dass ich vor den Direktor zitiert wurde. Diesem erklärte ich mein Konzept und er akzeptierte es nicht nur, sondern fand meine Versuchsanordnungen sogar spannend.

Da er nach seinen Worten dennoch der Beschwerde der Kollegin etwas entgegensetzen musste, schlug er mir ein zweifaches Verfahren vor, mit dem ich meine Kompetenz als Deutschlehrerin öffentlich beweisen könne.

Erstens sollte ich eine Unterrichtsstunde zu einem Thema meiner Wahl in Anwesenheit des schuleigenen „Fachleiters Deutsch" halten, dem das Recht und die Aufgabe zustehe, meine Unterrichtsstunde hinsichtlich ihrer Qualität zu bewerten.

Zweitens sollte ich zeitnah meine Schülerinnen und Schüler einen Aufsatz schreiben lassen, die Arbeiten zunächst selbst korrigieren und danach einem neutralen Zweitkorrektor vorlegen, der seinerseits meine Fähigkeit zu einer angemessenen Aufsatzkorrektur bewerten sollte.

Natürlich war ich von diesen Zumutungen nicht begeistert, aber ich nahm die Herausforderung an. Für die mir verordnete Lehrprobe wählte ich als Thema die Interpretation der „Todesfuge" von Paul Celan. Wie erwartet beteiligten sich die Schüler sehr eifrig am von mir moderierten Gespräch und fanden dabei zu den im Text zahlreich enthaltenen Sprachbildern die erhellenden Assoziationen, die für die Erschließung des bedeutungsschweren Gedichts von zentraler Wichtigkeit sind. Die Unterrichtsstunde hätte daher nicht besser verlaufen können.

Auch der angeordnete Beweis dafür, dass ich in der Lage bin, einen Schüler-Aufsatz angemessen zu korrigieren, verlief zu meinen Gunsten. Doch damit nicht genug:

Nach einigen Wochen wurden meinem Deutschunterricht einige Schülerinnen und Schüler aus einer Parallelklasse zugeteilt, da deren bisherige Deutschlehrerin in Mutterschaftsurlaub ging.

Sofort zeigten die Neuen Interesse an meinem speziellen Unterrichtsstil und reihten sich nahtlos in die bei mir praktizierte Unterrichtsform ein.

Nachdem die drei Mutterschaftsmonate der Kollegin vorbei waren, sollten meine Gastschülerinnen und -schüler wieder in ihre vorherige Deutschklasse zurück. Etwa die Hälfte von ihnen bat daraufhin den Direktor, in meinem Unterricht verbleiben zu dürfen, „weil dieser so interessant und spannend sei".

Auch wenn diesem Ersuchen nicht stattgegeben wurde, freute es mich doch, dass mir vom Direktor persönlich von besagten Petitionen berichtet wurde.

Von da an legte mir niemand mehr Steine in den Weg, zumindest nicht dort, wo es um meine Unterrichtstätigkeit ging.

Bereits vor meinen schulischen Experimenten in Kolumbien hatte ich in Deutschland versucht, neue Wege zu betreten, allerdings eher in privater Hinsicht. Dazu wurde ich nicht zuletzt von den gesellschaftlichen Bewegungen der späten Sechziger-

und Siebzigerjahre angetrieben, die alles Überkommene infrage stellten und neue Verhaltensweisen propagierten.

Vor diesem Hintergrund hatte ich mich nach einer schwerwiegenden Auseinandersetzung mit meinem Mann Gregor bereit erklärt, diesem zusammen mit unseren beiden Kindern nach Kolumbien zu folgen, statt umgehend die Scheidung zu beantragen.

Für diese Entscheidung sah ich folgende Gründe:

Einerseits wollte ich wegen Gregors Fehlverhalten nicht die Chance auf ganz neue Erfahrungen verlieren. Andererseits hegte ich die Hoffnung, ein endgültiges Zerbrechen unserer Familie vermeiden zu können, falls uns die zu erwartenden Erlebnisse vielleicht so weit von unseren privaten Problemen ablenken würden, dass wir diese überwinden könnten.

Zunächst funktionierte mein Plan, denn von dem Moment an, an dem wir kolumbianischen Boden betraten, war unserer aller Aufmerksamkeit unablässig von neuen Eindrücken in Beschlag genommen.

Auf Schritt und Tritt waren wir von fremden Menschen umgeben. Sie holten uns vom Flughafen ab, zeigten uns Einkaufsmöglichkeiten, machten uns mit der Agentur bekannt, die vertrauenswürdiges Personal vermittelte und halfen uns bei der Wohnungssuche. In Gegenwart all dieser Leute war es Gregor und mir tatsächlich möglich, einander zumindest neutral zu begegnen, statt uns ständig anzufeinden.

Natürlich gaukelten wir in diesen Tagen unseren Kindern einen familiären Frieden vor, den es nicht gab, wollten wir doch mit diesem „Theater" unseren Kindern in der unbekannten Umgebung Halt und ein zumutbares Zuhause bieten.

Schwierig wurde es, als Gregor sich in eine seiner Studentinnen verliebte und keinen Hehl daraus machte. Mit meinem Einverständnis lud er seine Freundin zu uns nach Hause ein.

Die zierliche junge Frau war mit ihren dunklen Augen und hüftlangen schwarzen Haaren sehr hübsch.

Mir gegenüber verhielt sie sich höflich und zurückhaltend, sodass nichts an ihr auszusetzen war.

Was jetzt?

Zu meiner eigenen Überraschung fühlte ich mich einerseits von einer schweren Last befreit, denn ich war ja nur noch zum Schein eine Ehefrau und musste eine ganz schön schwierige Rolle spielen, um eine marode Fassade aufrechtzuerhalten.

Damit könnte es nun vorbei sein.

Meine Überlegungen gingen ungefähr in diese Richtung:

„Zumindest wird Marie mir die mir am meisten verhasste Pflicht abnehmen, da sie nun meinen Platz in Gregors Bett einnimmt. Andererseits werde ich, wenn ich mich nicht gegen Gregors Untreue wehre, auf unbestimmte Zeit eine Person an meiner Seite dulden müssen, die ich im klassischen Sinn als Rivalin zu betrachten habe.

Will ich mir das zumuten?"

Insgeheim hegte ich ja den Plan, Gregor zu verlassen, wenn der richtige Zeitpunkt gekommen wäre. Das durfte aber während unseres Kolumbienaufenthaltes nicht der Fall sein, da ich befürchtete, unsere Kinder würden bei einer elterlichen Trennung in einer fremden Umgebung ohne den wärmenden Beistand von Großeltern, Tanten, Onkeln und Cousinen in klirrender Kälte erfrieren. Davor würde sie Marie sicher nicht bewahren können. Und ich auch nicht. Und Gregor schon gar nicht.

Eine Überlegung in anderer Richtung ging dahin, dass ich mich fragte, ob ich später in moralischer Hinsicht überhaupt noch das Recht hätte, Gregor zu verlassen, wenn ich ihn jetzt zwingen würde, um unserer Kinder willen auf persönliches Glück zu verzichten.

Schließlich schien es mir am besten, vorerst die Tatsache hinzunehmen, dass mein ehemaliger Mann mehr und mehr Zeit mit seiner Geliebten verbrachte, sie immer öfter zu uns nach Hause einlud, bis Marie schließlich bei uns einzog.

Gut fühlte ich mich in der neu eingetretenen Situation nicht, aber meine Arbeit als Lehrerin wurde mir mehr und mehr zur Kraftquelle, sodass ich meinen Kindern nach wie vor eine liebevolle Mutter sein konnte, obwohl ich in anderer Hinsicht tief unglücklich war.

Es half mir auch, dass es sich in der deutschen Community inzwischen herumgesprochen hatte, dass ich einigermaßen passabel Querflöte spielte. So wurde ich nun öfter zu privaten Feiern eingeladen, um zur Gitarrenbegleitung eines Kollegen Sonaten oder auch Lieder und Tänze vorzutragen. Das gefiel mir sehr.

Bei diesen Gelegenheiten erwies es sich dann als überaus praktisch, dass Marie bereit war, während der Ausführung meiner musikalischen Aufträge auf unsere Kinder aufzupassen, wenn Gregor verhindert war.

So konnte ich unbesorgt meiner musikalischen Liebhaberei nachkommen, ohne befürchten zu müssen, darüber meine Kinder zu vernachlässigen.

Dafür war ich Marie dankbar.

Anfang November erhielt ich die Anfrage, ob ich mit dem evangelischen Kirchenchor der deutschen Gemeinde ein paar Choräle einstudieren könne. Diese sollten der Tradition gemäß den Gottesdienst an Heiligabend musikalisch umrahmen. Die Chorleiterin, die in den vergangenen Jahren diese Aufgabe übernommen hatte, sei leider ernsthaft erkrankt.

Da ich bis dahin außer im schulischen Rahmen noch nie selbstständig einen Chor geleitet hatte, zögerte ich zunächst und bat um etwas Bedenkzeit.

Zu Hause erinnerte ich mich an die Dirigierbewegungen, die man uns vor Jahren in der Kirchenmusikschule beigebracht hatte und prüfte vor dem Spiegel, ob mir wenigstens die einfachen Figuren im Drei- und Viervierteltakt noch ausreichend geläufig waren. Nach einigem Üben beschloss ich schließlich, mich an die mir gestellte Aufgabe zu wagen.

Von den Chormitgliedern wurde ich sehr freundlich begrüßt.

Zu meiner Erleichterung stellte sich sehr schnell heraus, dass die Sängerinnen und Sänger aus den Vorjahren fast alle Choralmelodien noch erinnerten, und zwar in allen vier Stimmen. So musste ich in der Hauptsache nur wiederholen, was im Grunde bereits gekonnt wurde, und fühlte mich dabei sehr wohl.

Der Gottesdienst an Heiligabend wurde ein größeres kulturelles Ereignis, da das evangelische Gemeindezentrum damals auch als „Kultureller Treffpunkt" fungierte, in dem sich zu bestimmten Anlässen ein internationales, kulturell interessiertes Publikum traf. Dies war vor allem an Weihnachten der Fall. Aus dieser Information schloss ich, dass sich viele meiner Kolleginnen und Kollegen sowie auch viele Mitglieder der ansässigen Diplomatenfamilien unter den Gottesdienstbesuchern befinden würden. Dies ließ mich dann doch etwas nervös werden.

Zu Beginn der weihnachtlichen Andacht musste ich auf Bitte des Pfarrers in einem langen bestickten Gewand von der Empore aus den gesamten Kirchenraum durchschreiten und anschließend vom Altar aus auf meiner Flöte eine Bach'sche Pastorale vortragen.

Zum Glück bekam ich meine Nervosität so rechtzeitig in den Griff, dass meine Töne bald den gesamten Kirchenraum füllten und unter der hohen Kuppel ein andächtiges Weihnachtsgefühl erzeugten. Danach musste ich von der Empore aus an vier verschiedenen Stellen der weihnachtlichen Liturgie meinen Chor dirigieren.

Ich hätte dies auch sein lassen können, da meine Sängerinnen und Sänger ihr „Es ist ein Ros entsprungen", ihr „O du Fröhliche" ihre „Stille Nacht" und ihr „Lobt Gott ihr Christen alle gleich" so sicher und hingebungsvoll darboten, dass es mein Zutun nicht gebraucht hätte.

Dennoch war ich nach dem gelungenen Abend ein klein wenig stolz auf mich, war es mir doch möglich gewesen, mit dem kirchenmusikalischen Auftritt eine unerwartete Herausforderung anzunehmen und auch zu bestehen.

Auch dieser persönliche Erfolg half mir über meine private Misere hinweg.

Noch mehr Schulgeschichten

Seit meinem sechsten Lebensjahr spielte die Schule eine große Rolle in meinem Leben.

Noch heute erinnere ich mich an den ganz eigenen Duft, der meinem Griffelkasten entstieg, wenn ich ihm zu Beginn eines jeden Unterrichtstages einen der Stifte entnahm, die ich zu Hause sorgsam angespitzt hatte. Jedes Mal stellte sich sofort ein Gefühl froher Erwartung ein. Was werde ich heute wieder Neues und Aufregendes erfahren, was malen und was schreiben dürfen?

Noch immer sehe ich meine erste Lehrerin vor mir, eine zierliche, stets elegant gekleidete Person, die jeden Schulmorgen mit einem Lied zu ihrer Gitarre begann, während ich dazu die Triangel oder eine kleine Schellentrommel schlagen durfte.

Da ich mir das Lesen und Schreiben bereits vor der Schule selbst beigebracht hatte, ernannte mich Frau Liebermann bereits an meinem dritten Schultag zu einer Art „Hilfslehrerin". Ich durfte ihr helfen, die Tafelabschriften oder Rechenaufgaben meiner Mitschülerinnen und Mitschüler zu kontrollieren. Auch ließ sie mich kurze Probetexte selbst diktieren und anschließend korrigieren.

Was meine eigene „Klassenzugehörigkeit" betraf, wurde ich zumeist den Zweit-, manchmal auch den Dritt- und ab und zu sogar den Viertklässlern zugeordnet.

Mir war es stets egal, wohin Frau Liebermann mich an jedem Morgen neu platzierte, denn alles, was ich sah und hörte, faszinierte mich.

Am meisten liebte ich die letzte Stunde am Samstag, wenn uns aus einem Kinderbuch vorgelesen wurde. Als besonders eindrucksvoll blieben mir der „Drachenfisch" von Pearl S. Buck sowie die Geschichten von Pinocchio in Erinnerung.

Da ich nie einen Kindergarten besucht hatte und es außer der Bilderbibel meines Vaters und der Schulfibel meiner älteren Schwester bei uns zu Hause für Kinder nichts zum Lesen oder Betrachten gab, war alles, was Frau Liebermann uns vorlas, eine Offenbarung für mich, unerhört und oft überwältigend. Mehr als einmal fühlte ich mich in eine Zauberwelt versetzt, in welcher Dinge geschahen, die ich mir nie hätte träumen lassen. Immer war ich in diesen Stunden ganz Ohr. Und immer war ich glücklich.

Glücklich war ich auch dann, wenn ich eine mir gestellte Aufgabe so schnell erledigen konnte, dass mir genug Zeit blieb, um zwischen den Möglichkeiten zur freien Beschäftigung nach Lust und Laune wählen zu können. Dann malte ich, stellte farbige Papierschnitzel zu einem Bild zusammen, formte Figuren aus Knete oder fügte unterschiedlich lange Holzstäbchen zu Häusern oder auch einfach nur zu farbenfrohen Mustern zusammen.

Unvergesslich bleibt mir auch das Einüben von Theaterstücken, in welchen mir stets die Hauptrolle zugeteilt wurde. In der Vorweihnachtszeit war ich Maria, im Frühling ein Schneeglöckchen und im Sommer lebte ich als Dornröschen in einem Schloss.

Wenn der Sonntag kam oder gar die Ferien begannen, war ich traurig.

In meiner schulfreien Zeit musste ich meine beiden jüngeren Brüder hüten, Bügelwäsche zusammenlegen oder im Garten Unkraut jäten.

Neues oder gar Spannendes und Aufregendes gab es bei diesen Tätigkeiten nicht.

Zeichnen, Malen oder gar Tanzen galten in meiner Familie als unnütze Zeitverschwendung, die man zu unterlassen hatte, wenn man nicht ausgeschimpft werden wollte. Nur singen durften meine Schwester und ich, wenn sie das Geschirr vom Abendessen spülte und ich alles abtrocknete.

Meine Schwester hatte eine glockenhelle Stimme und mir fiel es leicht, dazu aus dem Stegreif zu improvisieren. Wahrscheinlich klangen unsere Gesänge gut, gelobt wurden wir aber ihretwegen nicht. Doch mich versöhnte unser abendlicher Gesang oft mit den Entbehrungen und Enttäuschungen des Tages.

Zu Beginn meiner Gymnasiums Zeit erlebte ich zum ersten Mal, dass ich etwas, das mir abverlangt wurde, nicht zustande brachte, als ich im Französischunterricht die Zahl „cinq" an die Wandtafel schreiben sollte. Da ich für den in dieser Vokabel enthaltenen Nasallaut keinen adäquaten Buchstaben fand und daher nicht wusste, wie ich diesen schriftlich zum Ausdruck bringen sollte, fühlte ich eine tiefe Hilflosigkeit. Plötzlich und zum ersten Mal im Leben fand ich mich entsetzlich dumm, errötete tief und gab schließlich unserer Lehrerin das Stück Kreide zurück, das sie mir zuvor in die Hand gedrückt hatte. Tief beschämt ging ich zu meinem Platz zurück.

Es verwirrte mich aufs Äußerste, als ich in der ersten Französischklassenarbeit eine Eins schrieb, wusste ich doch nun nicht mehr, ob ich eine dumme oder aber eine gute Schülerin war. Im Laufe der Zeit stellte sich dann heraus, dass ich für den Stoff einiger Fächer weder Interesse noch Begabungen besaß und dementsprechend keine besonders guten Noten erreichen konnte. Hierzu gehörten Mathematik, Physik und Chemie, Französisch jedoch nicht. Im Gegenteil: In allen Sprachfächern, dazu in Musik und Bildnerischer Erziehung wurde mir mit besten Noten eine überdurchschnittliche Begabung attestiert.

Außerdem galt ich als eine besonders nachdenkliche Schülerin, der man mehr als einmal gestattete, mittels philosophisch angehauchter Fragestellungen den mündlichen Unterricht zu lenken. Unter diesen Bedingungen fühlte ich mich allmählich auch auf dem Gymnasium wohl. Meine Lehrerinnen aus den Fächern Deutsch, Französisch, Latein und Bildende Kunst liebte ich damals aus tiefstem Herzen. Noch heute bin ich ihnen für alles, was sie mir boten, außerordentlich dankbar.

Der Absturz ereignete sich jäh und furchtbar, als meine Familie umzog und ich mitten in der elften Klasse die Schule wechseln musste.

Aus heutiger Sicht war mein gymnasialer Unterricht bis dahin in erster Linie auf die Ausbildung und Förderung von jungen Persönlichkeiten ausgerichtet. Dabei hatte man den mündlichen Beiträgen der Schülerinnen und Schüler einen großen Wert beigemessen.

In der neuen Schule gab es dagegen keine Möglichkeit, sich im mündlichen Unterricht zu profilieren. Alle Lehrkräfte dozierten ihren Stoff, den man sich anschließend in häuslicher Arbeit aneignen musste. In der Folgestunde wurde er abgefragt, wobei das Volumen sowie die Qualität der Wiedergabe des erinnerten Lerninhaltes benotet wurden.

Man hatte zu schlucken, zu verdauen und auszuspucken. Ob auf diesem Weg Denkprozesse eingeleitet wurden oder gar kreative Impulse entstanden, interessierte niemanden.

Gerechterweise muss ich jedoch zugeben, dass sich durch diese Art rigoroser Wissensvermittlung meine neuen Klassenkameraden in den vorausgegangenen Jahren sehr viel mehr Detailwissen angeeignet hatten als ich. So kannten sie in allen sprachlichen Fächern mehr Vokabeln und in Mathematik sowie in den naturwissenschaftlichen Fächern viel mehr Formeln als ich. Und alle wussten, dass für jede Art von Zensur Genauigkeiten im Detail mehr zählten als ein „Einblick in das große Ganze".

Wenn ich jetzt eine korrigierte Übersetzung in Französisch oder Latein zurückbekam, war diese voller roter Striche. Vorbei war es mit dem Nachsatz „wegen sprachlicher Eleganz trotz vieler Fehler noch eine Zwei", der mich bis zu dem Schulwechsel zuverlässig und treu begleitet hatte. Nun stürzte ich in allen Fächern um zwei bis drei Noten ab und erlebte dies als unfassbare Schande.

Gegen das mir aufgezwungene neue System rebellierte ich, indem ich jeden Kontakt mit meinen Mitschülerinnen und Mitschülern verweigerte und auch meinen Lehrern und Lehrerinnen keinen emotionalen Zugang zu mir ermöglichte.

Für meine Haltung wurde ich bereits wenige Wochen nach meinem Schulwechsel folgendermaßen bestraft: Die Musiklehrerin führte ein Schulkonzert nicht auf, in dem ich eigentlich einen Solopart auf der Flöte hätte vortragen sollen. Stattdessen wurden die Proben mit einer fadenscheinigen Begründung abgesagt.

Im Sportunterricht fand ohne nähere Angaben die geplante Aufführung eines Schulballetts, bei dem ich eigentlich einen Solotanz hätte vorführen sollen, ebenfalls nicht statt.

Reglos nahm ich beides hin und tat so, als würde ich die wahren Hintergründe der mysteriösen Beschlüsse vonseiten der Schulleitung nicht durchschauen. Doch ich wusste, dass man mir in Wahrheit keine Gelegenheit bieten wollte, irgendwo zu glänzen. Stattdessen sollte ich mich wegen meiner unsozialen Verhaltensweise schämen und nirgendwo Anlass für Lob und Anerkennung finden.

Diese Haltung der gesamten Lehrerschaft mir gegenüber setzte sich bis zum Abitur fort. Dass mir damals für die beste Leistung in der Abiturprüfung Deutsch der renommierte Scheffel-Preis gebührt hätte, war vor der Abschlussfeier schon durchgesickert, bei der diese Auszeichnung üblicherweise öffentlich überreicht wurde.

Weil man mir aber keinen Triumph gönnte, erklärte die Schulleitung während unserer Feier, dass die bestellten Buch-Preise leider nicht pünktlich eingetroffen seien und daher nachträglich per Post zugestellt werden müssten. Die Namen der Preisträger und Preisträgerinnen wurden dabei nicht genannt und auch kein Scheffel-Preis traf jemals bei mir ein. Auch diese Quittung für meine Rebellion nahm ich hin, ohne mit der Wimper zu zucken.

Richtig schwierig war es für mich dagegen gewesen, bereits wenige Wochen nach meinem Schulwechsel eine bestimmte Deutschstunde durchzustehen. In dieser las unser Deutschlehrer meinen ersten Klassenaufsatz vor versammelter Klasse laut vor, und zwar als abschreckendes Beispiel dafür, wie eine Klassenarbeit nicht auszufallen hätte. Während der Herr seinen Vortrag immer wieder unterbrach, um nachdrücklich auf eine besonders unpassende Formulierung hinzuweisen, schaute ich aus dem Fenster und bemühte mich dabei, über Haltung und Mimik so viel Verachtung wie möglich zum Ausdruck zu bringen.

Ich hatte nichts anderes getan, als auf die mir bis dahin gewohnte Weise das uns gestellte Thema nicht nur mittels angelernten Sachwissens auszuführen, sondern auch mit eigenen Reflexionen zu versehen. Letzteres wurde mir als Anmaßung ausgelegt, entsprechende Passagen wurden mit Hohn und Spott übergossen, kurz, ich wurde öffentlich vorgeführt.

Natürlich lernte ich ausgerechnet in dieser Deutschstunde viel, wozu schlecht ausgebildete Pädagogen fähig sind, zum Beispiel. Auch dämmerte mir, dass man wohl besser nur das Notwendigste von sich preisgeben sollte, wenn man die Angriffsfläche für Verletzungen durch verständnislose oder gar missgünstige Mitmenschen möglichst klein halten möchte. Da ich mich in allen weiteren Klassenarbeiten in Deutsch nach dieser Erkenntnis verhielt, gelang es mir allmählich, über die reine Wiedergabe von vordoziertem Wissen zu meiner gewohnten guten Note in Deutsch zurückzukehren. Dennoch schaute ich dem betreffenden Lehrer nie wieder offen ins Gesicht. Er war und blieb mein erklärter Feind.

Zur Rechtfertigung der Lehrer, die mir nicht wohlwollten, möchte ich jedoch noch einmal betonen, dass diese mich nie wirklich kennenlernen konnten, saß ich doch stets als Fremdling mit gekränkter Miene den Unterricht ab und würdigte dabei bis zuletzt kaum jemanden eines Blickes. Dass man mir meine äußerst abweisende Haltung heimzahlte, kann ich aus heutiger Sicht verstehen und unter der Zuhilfenahme nachsichtigen Humors auch akzeptieren. Ich besuchte damals eben eine Schule, die mich auf das Leben vorbereitete.

Doch mehr noch als meinen Lehrern nahm ich es meinen Eltern übel, dass sie mich in eine Situation manövriert hatten, die ich damals als katastrophal empfand. Meinen Unmut ließ ich sie deutlich spüren, indem ich weitgehend verstummte. Und weil in dem streng patriarchalischen System, das in meinem Elternhaus herrschte, offener Widerstand nicht möglich war, wenn man keine nachhaltigen Sanktionen riskieren wollte, blieb mir darüber hinaus nichts anderes übrig, als mich weitestgehend in meinem Zimmer zu verkriechen.

Was meine fünf Geschwister zu jener Zeit erlebten, bekam ich schon deshalb nicht mit, weil ich sie nur noch beim Abendessen traf. Dann fragte ich nach nichts und niemandem und wurde auch von niemandem etwas gefragt. Unter diesen Bedingungen wurde ich mit der Zeit auch in meiner Familie zur Fremden.

Eine Freundschaft

Dass ich diese dunkelste aller dunklen Zeiten in meinem Leben überhaupt überstand, verdanke ich meiner Begegnung mit Gregor. Für die insgesamt sechsjährige Phase unserer treuen und tiefen Jugendfreundschaft bin ich nicht zuletzt deshalb sehr dankbar und werde dies bis zum Ende meines Lebens auch bleiben. Gregor hatte ich in der Kirchenmusikschule, die ich vor dem Umzug besucht hatte, kennengelernt. Weil er viel besser Orgel spielen konnte als wir anderen und während des theoretischen Unterrichts so viel kluges Wissen über die alten Musiker Schein, Scheidt, Pretorius, Händel und Bach beitrug, hätte er gut ein junger Lehrer statt ein Mitschüler sein können. Das hatte mir imponiert.

Nachdem wir uns einmal während einer Unterrichtspause in ein längeres Gespräch über unsere jeweiligen literarischen Vorlieben vertieft hatten, fühlte ich mich zu diesem Jungen hingezogen, der sich scheinbar genau wie ich nicht nur in der konkreten, sondern auch in einer geistigen Welt zu orientieren versuchte.

Nach unserer ersten ausführlichen und auch aufschlussreichen Unterhaltung trafen wir uns auch außerhalb der Musikschule, um Schallplatten und Bücher auszutauschen, für die wir uns beide interessierten.

Die Leihgaben mussten zurückgegeben und der jeweilige Eindruck über Musikstücke und Romane musste besprochen werden, was weitere Treffen nötig machte. Auf diesem Weg entstand langsam eine Beziehung, die uns über lange Zeit zu einem spannenden und anregenden Austausch über Gott und die Welt inspirierte.

Ein erotisches Interesse aneinander bestand jedoch von Anfang an nicht, zumindest nicht von meiner Seite. Aus heutiger Sicht möchte ich behaupten, dass uns diese Tatsache zunächst nicht bewusst, vielleicht auch einfach nicht wichtig war, nicht wichtig sein durfte. Jedenfalls sprachen wir über das Fehlen einer sexuellen Facette unserer Beziehung nie offen miteinander ohne zu ahnen, dass uns genau dieses Versäumnis einmal zum Verhängnis werden sollte.

Aber im strenggläubigen Pfarrhaus meiner Eltern durfte das höchst anrüchige Phänomen „Sexualität" nicht in den Mund genommen werden. Es sollte einfach nicht existieren. Sprechen durfte man allenfalls von Liebe, und die war den verheirateten Leuten vorbehalten. Wer sich erdreisten sollte, gegen diese Doktrin zu verstoßen, beging die größte denkbare Sünde. Meinen Schwestern und mir war dies in unzähligen privaten Predigten meines Vaters eingetrichtert worden.

Auf dieser Vorlage übten Gregor und ich uns auch bei den ersten sich einstellenden dunklen Ahnungen, dass es zwischen einer jungen Frau und einem jungen Mann etwas gab, das spannender und aufregender sein musste als ein tiefgründiges Gespräch oder gemeinsames Musizieren in der Verdrängung dessen, was nicht existieren durfte. Notgedrungen wurden wir darüber zu Eunuchen. Natürlich konnte weder Gregor noch ich unter diesen Bedingungen herausfinden, welche Art von Erotik und Sexualität zu der Person passte, die man war oder werden würde. Man musste sich einfach asexuell fühlen und verhalten und hatte sich mit dieser Forderung zu arrangieren.

Basta.

Als wir umzogen, kannte ich Gregor erst seit zwei Monaten. Bis dahin hatte ich noch niemanden aus seiner Familie getroffen, und auch mein Freund hatte meine Eltern und Geschwister noch nicht kennengelernt.

Über unsere umzugsbedingte Trennung waren wir beide traurig und weil wir uns nicht einfach aus den Augen verlieren wollten, schrieben wir uns von nun an täglich. So war es Gregor, dem ich in meinen Briefen mein schulisches Unglück anvertraute und der mich über mein vermeintliches Versagen immer wieder hinwegtröstete. Dies half mir in ganz entscheidendem Maße, der geschilderten ersten tiefen Krise in meinem Leben wenigstens einigermaßen standzuhalten.

Da wir beide nach einiger Zeit von unseren Eltern auf die täglich eintreffende Post angesprochen wurden, fühlten wir uns schließlich gezwungen, voneinander und der noch jungen Freundschaft zwischen uns zu berichten.

Ich wagte diesen Schritt während eines Abendessens. Dabei geschah folgendes Wunder: Statt loszubrüllen oder in eine Herzattacke zu flüchten, wie es sonst üblich war, wenn ein Vergehen vonseiten meiner Geschwister oder mir ans Tageslicht gekommen war, zeigten meine Eltern Verständnis für die Situation zwischen Gregor und mir.

Aus heutiger Sicht mag dabei eine Rolle gespielt haben, dass meine eigenen Eltern sich kennengelernt hatten, als meine Mutter in dem gleichen Alter war wie ich.

Nachdem mein Vater begriffen hatte, dass ich den Menschen, der mir täglich schrieb, als meinen Freund bezeichnete und mich überdies auch dazu bekannte, dass dieser mich gerne ab und zu treffen wollte, murmelte er zunächst irgendetwas zu meiner Mutter. Als diese nickte, erkundigte er sich bei mir nach der Adresse und der Telefonnummer meines Freundes und verschwand damit in sein Arbeitszimmer. Wie ich später erfuhr, setzte er sich umgehend mit Gregors Eltern in Verbindung und war wohl von deren Reaktion auf sein Anliegen derart angetan, dass er mich danach vor aller Augen aufforderte, Gregor einmal zu uns einzuladen.

Zu diesem Zeitpunkt war ich siebzehn Jahre alt.

Die Erlaubnis, uns wechselweise gegenseitig besuchen zu dürfen, markiert den Beginn einer Jahre währenden Pendelbeziehung. Von da an trafen Gregor und ich uns jedes Wochenende, wenn auch bis zu unserer Verlobung immer unter der Aufsicht unserer Familien. Da die Distanz zwischen unseren beiden Wohnorten per einstündiger Bahnfahrt leicht zu überwinden war, konnten wir an Samstagen oder Sonntagen jeweils acht bis zehn Stunden miteinander verbringen. Diese füllten wir zu einer Hälfte mit Gesprächen über Gott und die Welt, unsere Familienmitglieder sowie unsere Schulerlebnisse aus und zur anderen Hälfte mit gemeinsamem Musizieren. Nur auf diesem Weg konnten wir erreichen, dass man uns auch einmal in einem Zimmer allein ließ, denn sobald Gregor mich und meine Flöte auf dem Klavier begleitete, war der Klang unserer Instrumente ein weithin vernehmbarer Beweis dafür, dass mein Freund und ich nicht gerade dabei waren, das Verbotene zu tun.

„Das Verbotene" meinte jede Form von ausgeübter Sexualität. Wenn ich von mir spreche, so entstand durch die erzwungene Verleugnung und Verdrängung jeder sexuellen Regung vor allem folgendes Defizit: Ich lernte nicht, werbende oder zurückweisende Signale anderer Menschen bewusst zu empfangen, zu deuten und angemessen auf sie zu reagieren. Vielmehr begegnete ich ihnen so hilflos, als sei ich mit Taubheit und Blindheit geschlagen.

Als Gregor zum ersten Mal versuchte, sich mir körperlich zu nähern, klärte ich ihn so erschrocken darüber auf, dass mir alle Berührungen einer fremden Person und erst recht eines jungen Mannes strengstens verboten waren, dass er mir danach so schnell nicht mehr zu nahetrat.

Da er aber selbst streng religiös orientiert war, verstand und akzeptierte er im Großen und Ganzen meine mir aufgezwungene asketische Einstellung.

So kam es, dass wir bis zu unserer Eheschließung auf eine körperliche Annäherung verzichteten.

Zu dem Zeitpunkt, als ich Gregor kennenlernte, trug ich ungefähr dieses „Imago einer idealen Gefährtin" in mir:

„Eine liebenswerte Freundin, Verlobte und auch Ehefrau sollte bescheiden und zurückhaltend auftreten und ihrem Gegenüber in allen Punkten den Vortritt lassen. Das Wohl und Wehe ihres Partners sollte ihr immer und überall wichtiger sein als ihr eigenes. Nie sollte sie dem Mann widersprechen und schon gar nicht mit ihm streiten. Falls man nicht einer Meinung sei, sollte die Frau in der Lage sein, ihre eigene Überzeugung lediglich als einen zusätzlichen Gedanken darzulegen, der vermutlich nicht weiter beachtenswert sei."

Diese selbstverleugnende Haltung hatte ich bereits so weit verinnerlicht, dass ich mir so gut wie alle eigenen Wünsche und Vorstellungen für meine Zukunft abtrainiert hatte.

Dies betraf auch meine beruflichen Pläne, die ich bereits im Alter von fünfzehn Jahren gefasst hatte. Damals war mir in einer Religionsstunde Albert Schweizer begegnet, und dessen Leben und Tätigkeiten hatten mir so sehr imponiert, dass ich ihm auf Anhieb nacheifern wollte. Das bedeutete, dass ich wie er in einem noch unterentwickelten Land Menschen Hilfe leisten wollte. Zu diesem Zweck wollte ich Medizin studieren. Dieser Wunsch entsprang in erster Linie dem Willen, ein nützliches Mitglied der menschlichen Gesellschaft zu werden.

Dass er außerdem auch meinem mir in die Wiege gelegten, aber in meinem Elternhaus völlig unterdrücktem Drang nach einem spannenden und abenteuerlichen Leben entsprang mit Herausforderungen, in denen man sich bewähren müsste, war mir damals noch nicht bewusst.

Natürlich wurde mein Traum in dem Maße immer blasser, in dem ich mich immer enger mit Gregor befreundete. Als schließlich eine Eheschließung zwischen uns zur ausgemachten Sache wurde, ohne dass man darüber gesprochen hätte, einfach nur deshalb, weil wir nun schon so lange „miteinander gingen", begrub ich ihn.

Aber sowieso interessierte sich niemand für meinen eigentlichen Berufswunsch. Dass aus finanziellen Gründen für mich wie für meine drei Schwestern höchstens das damals noch kürzeste Studium der Pädagogik infrage kam, stand für meine Eltern schon fest, als sie mich auf dem Gymnasium anmeldeten. Demnach musste ich Lehrerin werden, ob es mir gefiel oder nicht.

Damals verstand ich noch nicht, welche Gefahr mit der Tatsache verbunden war, dass ich mit meinem gehorsamen, selbstlosen und abstinenten Verhalten in keiner Weise mein eigenes Glück im Auge hatte, sondern einfach niemanden enttäuschen wollte. Das Dilemma der Verbindung zwischen Gregor und mir offenbarte sich in seiner ganzen Dimension erst, als ich nach unserer Eheschließung plötzlich in für mich unerhörter Hinsicht funktionieren sollte und zutiefst versagte.

Zwar wehrte ich nach der Hochzeit die Umarmungen meines Mannes nicht länger ab, sondern ließ sie einfach teilnahmslos über mich ergehen. Aber ich fühlte mich dabei wie ein Opferlamm, das versucht, sein Schicksal mit Gottes Hilfe anzunehmen und zu ertragen.

Nein, ich begehrte Gregor nicht, begehrte ihn in keinem Moment unserer langen Verbindung, konnte es aus einem mir verborgenen Grund nicht, auch dann nicht, als ich immer deutlicher spürte, dass mein Mann unter meiner frigiden Haltung litt.

Weil ich Gregor vorenthielt, was er seinerseits begehrte und nun auch immer wieder einforderte, fühlte ich mich während der sieben Jahre unserer Ehe permanent als Sünderin und Versagerin.

Meine eigenen Verletzungen, die mir während der wiederholten unerwünschten Umarmungen vonseiten meines Mannes vor allem in psychischer Hinsicht zugefügt wurden, spürte ich indes erst viele Jahre später, und dass sie als der tiefere Grund für meine sich bald einstellende schwere Depression zu verstehen waren, war mir lange nicht bewusst.

Unbedingt erwähnen muss ich aber an dieser Stelle folgende Tatsache:

Obwohl unsere beiden gemeinsamen Kinder jeweils in einer Situation entstanden, in welcher ich von Gregor bedrängt wurde und meinerseits nachgab, akzeptiere ich diese beiden Geschehnisse bis heute klaglos, weil ich mir unbedingt Kinder gewünscht und mich über jede meiner Schwangerschaften aus tiefstem Herzen gefreut habe. Sowohl Rebecca als auch Jonathan hieß ich herzlich willkommen und die Begleitung ihrer beider Leben ist mir bis heute überaus wichtig und eine Quelle großer Freude.

Eine Affäre

Meine erste Liebesnacht erlebte ich mit Bernhard.

Mit ihm machte ich die Erfahrung, dass man während einer leidenschaftlichen Umarmung eine Dimension des Daseins betreten kann, in der überall um einen herum Blumen aller Arten und Farben aufblühen, in der es ungeheuer wichtig wird, dass es Sterne gibt und in der man eine Ahnung davon bekommt, was das Wort „Seligkeit" bedeutet.

Für diese eine Nacht zahlte ich einen hohen Preis.

Bernhard war wie ich verheiratet, beide hatten wir Kinder. Aus diesen Gründen hatten wir sieben Jahre lang die Faszination, die sich beim ersten Moment unseres Aufeinandertreffens wie ein bemalter chinesischer Fächer zwischen uns ausbreitete, unter Kontrolle gehalten.

Das war nicht einfach gewesen, denn als Kollegen an der gleichen Schule begegneten wir uns täglich und waren dadurch permanent gezwungen, ein beidseitig brennendes Verlangen zu beherrschen. Lange teilten wir uns lediglich über die Augen mit, dass irgendwo fremde Früchte existierten, deren Duft uns zum Genuss verlockte, die wir aber um alles in der Welt nicht kosten durften.

Erst als feststand, dass ich mit Gregor und den Kindern nach Südamerika ausreisen würde, fanden wir einen Weg, uns ein einziges Mal zu umarmen.

Es war auf eine unbeschreibliche Weise unvergesslich.

Weil ich mich zu dieser Zeit auch mit Gregor immer noch freundschaftlich verbunden fühlte und ihn nicht hintergehen wollte, teilte ich ihm mit, was ich hinter seinem Rücken getan hatte, weil die Liebe über Nacht wie ein machtvoller Dämon in mein Leben getreten war, und weil ich kein Mittel gewusst hatte, mich noch länger gegen die Verlockungen zu wehren, die mich aus meiner Verankerung lösten, mich fortrissen und in eine unbekannte, schwindelnde Höhe hinauftrugen, wo mit einem Schlag alles ausradiert wurde, was zuvor geschrieben stand.

Dieses Erlebnis wollte ich nicht mit den banalen Begriffen „Seitensprung" oder „Betrug" in Verbindung bringen, dazu war es mir zu ernst, zu wichtig und nicht zuletzt zu heilig. Außerdem wollte ich zu dem stehen, was mir widerfahren war, auch dort, wo mein Geständnis vielleicht eine bedrohliche Reaktion auslösen würde.

Gregor verstand nicht, dass ich ihn aus Respekt nicht feige und hinterlistig betrügen konnte, sondern mit einer schmerzhaften Wahrheit konfrontieren wollte und auch musste. Andererseits verstand er sofort, dass ich mit Bernhard etwas erlebt hatte, was uns beiden, Gregor und mir, verwehrt war.

Seine Wut, seine Enttäuschung und seine Eifersucht reagierte er mit heftigen Fausthieben ab.

Dies bedeutete das Ende unserer Ehe.

Eine Ehe

Auch meine zweite Ehe endete mit einer Prügelattacke. Dieses Mal wurde ich aber nicht wegen einer gebeichteten Untreue bestraft, sondern für die Weigerung, noch länger an den Alkoholorgien meines Mannes im Kreis seiner Kollegen teilzunehmen.

Auch dieses Mal wurde heftig und brutal zugeschlagen, aber am Ende war ich dankbar für den dadurch entstandenen Anlass, aus einer von Anfang an zum Scheitern verurteilten Ehe ohne Liebe aussteigen zu können.

Ich hatte Emil ein Jahr nach meiner Scheidung von Gregor und dem zum selben Zeitpunkt erzwungenen Abschied von Hassan geheiratet.

Emil hatte den gleichen Beruf wie ich, war etwa vier Jahre älter und ebenfalls geschieden. Seine sechsjährige Tochter lebte bei ihrer Mutter im Rheinland und kam in allen Ferien zu Besuch. Alles schien perfekt zu passen einschließlich der Tatsache, dass wir beide gerne Chansons hörten und zu unseren Umarmungen abwechselnd die leidenschaftlichen Lieder von Charles Aznavour oder die sehnsuchtsvollen von Georges Moustaki auflegten.

Ausschlaggebend war jedoch die Tatsache, dass Emil von unseren ersten Begegnungen an sehr aufmerksam und liebevoll mit Amal umgegangen war und auch das Kind sich schnell an unseren neuen Bekannten gewöhnt hatte. Da lag der Gedanke einfach nahe, dass wir uns zusammentun und aus den Überbleibseln gescheiterter Vergangenheit eine gemeinsame Zukunft aufbauen könnten, allerdings in einer Ehe, durch welche wir uns finanzielle Vorteile verschaffen konnten, in einer Ehe ohne Verliebtheit, ohne Liebe.

Inzwischen konnte ich Umarmungen zulassen, ohne in Panik zu geraten. Doch gerade deshalb beschworen Emils Berührungen Hassan herauf, seine ebenmäßigen Züge, seine starken

Arme, seine sensiblen Hände, seine dunklen Augen, seine warme, zärtliche Zuneigung.

Das durfte mein Mann natürlich nicht wissen.

Und weil ich eigentlich auch ihn nicht ständig betrügen wollte, versuchte ich allabendlich, die Schatten der Erinnerung abzuwehren, die mich für sich beanspruchten.

Dem Ansturm sehr starker Gefühle gegenüber, die mich damals allabendlich überfielen, war ich jedoch machtlos.

Emil und ich hatten uns am Tag nicht viel zu sagen.

Mein Mann interessierte sich nicht für tiefgründige Gespräche.

Überdies konnte er kein Instrument spielen.

Er sang auch keine Liebeslieder in mein Ohr.

Das kleine Dorf, in das wir nach unserer Hochzeit gezogen waren, lag zudem nicht in Kolumbien.

Die Probleme Südamerikas waren für Emils Gedankenwelt überdies zu weit entfernt, als dass er von diesen hören oder sich gar mit ihnen beschäftigen wollte.

Und natürlich konnte er kein Arabisch, kannte keines der in dieser Sprache so wohlklingenden Liebesworte, wusste nichts vom Libanon, nichts von den Problemen der Palästinenser, wollte von diesen auch nichts wissen, auch sonst nichts von all dem, was mich in meiner Vergangenheit beschäftigt hatte.

Mit dem Verstand konnte ich Emils Defizite verstehen und sogar akzeptieren, aber mit der Seele nicht.

Bald war ich wieder todunglücklich.

Mein frustriertes Ich agierte schließlich aus dem Unbewussten heraus und kompensierte meine brennende Sehnsucht nach Hassan, mein Heimweh nach Südamerika, meine Trauer um den Verlust meiner Tochter Rebecca, die nach der Scheidung Gregor zugesprochen worden war, mit düsteren Träumen und Visionen. Dies hatte zur Folge, dass ich nun oft aus dem Schlaf heraus hyperventilierte, bis meine Hände und Arme erst heftig zitterten und dann erstarrten.

Wenn ich aus diesen bedrohlichen Träumen erwachte, deren Inhalt mir stets verborgen blieb, lag ein Stein auf meiner Brust und etwas würgte meine Kehle, sodass ich regelmäßig das Gefühl hatte, in den nächsten Augenblicken zu sterben. Da musste ich um Hilfe schreien, um meiner Söhne willen, die mich noch brauchten, und um Hassans willen, den ich immer noch nicht vergessen konnte.

Jedes Mal, wenn mich die beschriebenen Tetanie-Anfälle heimsuchten, musste Emil einen Arzt rufen, meist mitten in der Nacht.

Die Beruhigungsspritze, die mir daraufhin verpasst wurde, löste zwar die Verkrampfung meiner Seele und meines Körpers, machte aber gleichzeitig ein Unterrichten am Folgetag unmöglich. Die Fehltage häuften sich, bis das Schulamt meine Frühpensionierung anordnete.

Gegen meinen Willen.

Ich war doch erst achtunddreißig Jahre alt.

Zum Zeitpunkt des Verlusts meiner Berufsfähigkeit besuchte Amal bereits den Kindergarten und Jonathan die Schule. Emil kam zwar täglich um die Mittagszeit nach Hause, verzog sich aber nach dem Essen in sein Arbeitszimmer, um ein Schläfchen zu halten, sich auf den nächsten Unterrichtsvormittag vorzubereiten oder um zu korrigieren. Ich sah ihn meist erst zum Abendessen wieder, wenn er müde und ausgelaugt nur noch fernsehen wollte.

Obwohl ich den Nachmittag regelmäßig meinen beiden Söhnen widmete, fehlte mir bei dieser Lage der Dinge ein Ansprechpartner oder eine Ansprechpartnerin auf Augenhöhe.

Zu meiner Familie pflegte ich keinen Kontakt mehr, da meine Eltern als fundamentalistisch orientiertes Pfarrerehepaar auf meine Beziehung mit Hassan und erst recht auf die Geburt von Amal mit Unverständnis, ja sogar mit entrüsteten Beschimpfungen reagiert hatten. Später hatten sie sich darauf besonnen, dass Christen, wenn sie denn welche sein wollten, im Vertrauen auf Gottes Gnade auch Sündern verzeihen und vergeben müssten.

Doch wäre ich auf das dieser Gesinnung entsprungene Versöhnungsangebot eingegangen, wäre ich zum Opfer geworden. Diese Haltung wollte und konnte ich auf keinen Fall einnehmen. Ich liebte und liebe Hassan und trauerte immer noch um seinen Verlust, und ich hasste alle, die mich deswegen ins Abseits stießen.

Ich liebte und liebe Amal genauso wie seinen Bruder und seine Schwester. Dazu wollte und will ich stehen, und zwar vor aller Welt.

Wie dürfte auch jemand ernsthaft verlangen, dass man sich einer großen Liebe schämen müsse?

Meine fünf Geschwister äußerten sich allesamt mir gegenüber nicht zu meinem „Fehltritt", distanzierten sich aber auch nicht von der abwertenden Verurteilung meiner Person durch meine Eltern. In meiner Enttäuschung wandte ich mich nun endgültig von allen ab, die ich zuvor als meine Familie betrachtet hatte, und bis heute habe ich mit keinem von ihnen mehr etwas zu tun.

Überdies bin ich seit Langem aus der Kirche ausgetreten.

Seitdem lebe ich als eine Verstoßene, die in der bürgerlichen Gesellschaft, wenn überhaupt, dann nur noch am Rande geduldet wird.

Dass eine solche Position nur teilweise als Unglück zu betrachten ist, weil sie durchaus auch viele Vorteile zu bieten hat, sollte ich jedoch bald entdecken.

Dieses und Jenes

Nach dem Eintritt meiner Frühpensionierung breitete sich in mir vorübergehend ein starkes Gefühl von Einsamkeit aus. Doch gleichzeitig mit den Attesten meines Hausarztes, mit welchen er dem Schulamt gegenüber meine Erkrankung bestätigt hatte, war seine Empfehlung einhergegangen, mich einer Psychotherapie zu unterziehen.

Da ich einsehen musste, mit meiner zweiten Ehe in einer Sackgasse gelandet zu sein, aus der ich mich ohne Hilfe vermutlich nicht würde befreien können, befolgte ich seinen Rat und fand nach kurzer Suche den Psychotherapeuten Dr. Murmel, der mich durch die nächsten fünf Jahre begleitete.

Ihm verdanke ich, dass es mir gelang, mein Schicksal als „Außenseiterin" oder auch „Grenzgängerin" nicht nur anzunehmen, sondern auch durch eigene Initiative so zu gestalten, dass ich nicht mehr nur nach den Wünschen meiner Umwelt funktionieren musste.

Dadurch wurde es mir zunehmend möglich, neben allen familiären Verpflichtungen, die ich meinen Kindern schuldig war, auch eigene Wünsche und Bedürfnisse zu berücksichtigen.

Als Erstes überredete ich Emil, mit mir und meinen Kindern in die nächstgelegene Stadt zu ziehen. Dass wir eine Wohnung mit Blick auf den Fluss fanden, war reine Glücksache.

Schon beim Anblick der zahlreichen Wasservögel, die ich das ganze Jahr über von unserem Küchenfenster aus beobachten konnte, fühlte ich mich seltsam beruhigt, waren sie mir doch Symbole dafür, dass nicht alle Lebewesen im Trüben verharren müssen, sondern zumindest einige die Möglichkeit besitzen, sich in die Lüfte zu erheben. Und wenn ich selbst von Teilen meiner Umwelt als „seltsamer Vogel" gesehen wurde, sollte ich dann nicht auch die Eigenschaften eines derartigen Wesens besitzen?

Unter dieser neuen Betrachtungsweise meiner persönlichen Situation begann ich von heute auf morgen, Gedichte zu schreiben. Jetzt konnte ich meine Trauer über den Verlust von Hassan wie auch mein Heimweh nach Südamerika in Worte fassen.

Die kreativen Aktionen, die meine aufgestauten Gefühle in melancholische Sprachbilder transformierten trugen dazu bei, dass meine innere Erstarrung sich löste, sodass bereits wenige Monate nach Beginn der Therapie kein Tetanie Anfall mehr auftrat.

Dass ich eines Tages eine Notiz in unserer Tageszeitung entdeckte, die mich sofort mit der Energie ansprang, mit der ein ausgehungerter Jaguar eine verlockende Beute jagen mag, erlebte ich als eine gänzlich unerwartete Fügung, ja, als Himmelsgeschenk.

Es würden engagierte Leute gesucht, hieß es da, die bereit wären, sich um die Flüchtlinge zu kümmern, die in wenigen Tagen in unserer Stadt eintreffen würden. Es kämen achtzehn Leute, alle alleinstehend, alles Männer. Unter ihnen seien Palästinenser, Syrer, Afghanen, Inder, Pakistani, Iraker und Iraner. Männer und Frauen aus der hiesigen Bevölkerung, die sich für deren Betreuung interessieren würden, seien zu einer ersten Kontaktrunde am kommenden Dienstag in das Gemeindehaus am Ufer eingeladen.

Natürlich musste ich da mitmachen.

Wie aber sollte ich Emil meinen brennenden Wunsch erklären, über diese Kontaktanzeige wieder stärker in Berührung mit meiner inneren Welt kommen zu wollen, einer Welt, in der mir das Fremde vertrauter war als das Bekannte, in der Hassans Nähe und die bunte Lebendigkeit Südamerikas vielleicht wieder deutlicher spürbar werden würden?

Da mir klar war, dass ich mein Vorhaben auf geradem Weg nicht würde erreichen können, griff ich zu folgender List:

Beim Mittagessen teilte ich Emil ganz nebenbei die Neuigkeiten mit, die ich der Zeitung entnommen hatte, hütete mich aber davor, meine Begeisterung mitschwingen zu lassen. Stattdessen fragte ich meinen Mann in gleichgültiger Attitude, ob er sich nicht vorstellen könne, gemeinsam mit mir Anschluss an den sogenannten „Freundeskreis für Asylsuchende" zu suchen, der in der kommenden Woche gegründet werden sollte.

Emils Antwort lautete, dass er an so etwas überhaupt nicht interessiert sei, wie auch, er habe bereits genug zu tun.

Zunächst zeigte ich keine Enttäuschung, doch beschäftigte mich den ganzen Nachmittag über das Problem, wie ich trotz dieser Ausgangslage mein Anliegen verwirklichen könnte.

Nach dem Abendessen teilte ich Emil dann mit, dass ich darunter leiden würde, allein mit der nachmittäglichen Betreuung der Kinder nicht ausgelastet zu sein. Ich fügte hinzu, dass er, Emil, mein Unbehagen an diesem Leerlauf wahrscheinlich noch nicht bemerkt hätte, da ich mich in dieser Hinsicht ihm gegenüber ja auch noch nicht geäußert hätte. Dies wolle ich nun in einem Moment nachholen, in welchem sich eine gute Gelegenheit biete, nicht nur zu klagen, sondern auch gegen meine Unzufriedenheit etwas zu unternehmen.

Da ich gleichzeitig aber auch verstehen würde, dass er selbst mit den Problemen der Fremden nichts am Hut habe und mit seinem Unterricht und den dazugehörenden Nebenarbeiten ja auch tatsächlich ausgelastet sei, hätte ich beschlossen, am kommenden Dienstag ohne ihn an der Gründungssitzung des Freundeskreises teilzunehmen.

Es folgten böse Blicke, ein undeutliches Knurren und ein grußloser Rückzug.

Ich reagierte mit einer betonten Abwendung im Bett.

Am nächsten Tag sprachen wir nur das Notwendigste miteinander, und das war nicht viel.

Am dritten Tag teilte mir Emil beim Abendessen mit, dass er sich die Sache mit den Asylanten nochmals habe durch den Kopf gehen lassen und nun bereit sei, sich das Ganze mal anzuschauen, was heiße, dass er mich am kommenden Dienstag in das Pfarrhaus am Ufer begleiten wolle. Natürlich nur auf Probe. So kam es, dass Emil und ich zu aktiven Mitgliedern des sogenannten Freundeskreises wurden.

Da sich auf Anhieb acht Leute aus den unterschiedlichsten Berufen bereit erklärt hatten, sich für die anstehende gesellschaftliche Aufgabe einzusetzen, ergab sich rasch eine Aufteilung der Zuständigkeiten.

Der Jurist unter uns wollte die Bearbeitung der Asylanträge übernehmen und der Sanitäter fühlte sich für die gesundheitlichen Probleme der Fremden zuständig. Der Buchhändler erklärte alles, was mit der Presse zu tun haben würde, für seinen Bereich, und die Sozialarbeiterin wollte einmal pro Woche den Asylsuchenden eine kostenlose Sprechstunde für persönliche Belange anbieten.

Emil und mir wurde der Bereich Kulturarbeit zugeteilt.

Dies bedeutete konkret, dass wir uns wie alle anderen Mitglieder des neu gegründeten Vereins verpflichten mussten, regelmäßig an der wöchentlichen Zusammenkunft unter der Leitung des Pfarrers teilzunehmen, weil bei diesem Anlass die politische Richtung des Engagements festgelegt und auch immer wieder neu reflektiert wurde.

Da an allen Sitzungen auch Vertreter der Asylsuchenden teilnahmen und bei Abstimmungen genau so viel zu sagen hatten wie wir Gründungsmitglieder, möchte ich behaupten, dass wir uns bereits zu Beginn der Achtzigerjahre des zwanzigsten Jahrhunderts für die Integration der uns anvertrauten Menschen unter Ausschluss von jeglichem Rassismus beziehungsweise demütigender Bevormundung einsetzten.

Zusätzlich zu diesem politischen Engagement richteten Emil und ich einmal im Monat ein sogenanntes Kulturfest aus und leiteten seine Durchführung im Gemeindehaus am Ufer.

Diesem Auftrag nachzukommen, bereitete mir höchste Freude.

Der Rahmen der Veranstaltungen stand bald fest:

Jedes dieser Feste orientierte sich an den Sitten, Gebräuchen und kulturellen Gepflogenheiten einer bestimmten Ethnie oder auch einer bestimmten Region. Den Auftakt machte immer eine landestypische Mahlzeit, für deren Zubereitung einer der Asylanten zuständig war, wobei die Kosten für Getränke und Lebensmittel von den Mitgliedern des Freundeskreises getragen wurden.

Nach der Mahlzeit gab es zu Kaffee oder Tee Musik, denn zu meiner eigenen Verwunderung fand sich zu jeder Veranstaltung mindestens ein Musiker, der Lieder und Instrumentalstücke aus seiner Heimat darbieten konnte.

In der Pause gab es dann noch Informationen über die Besonderheiten der Gegend, der die spezielle Zusammenkunft gewidmet war. Auf meine Bitte hin enthielt sie geografische Angaben, Informationen über besondere klimatische Bedingungen, ein kurzes Eingehen auf Essgewohnheiten sowie auf die vorhandenen Bildungsmöglichkeiten und die vorherrschende religiöse Orientierung.

Da diese Nachmittage nicht nur allen Asylsuchenden und ihren Betreuerinnen und Betreuern sondern auch der gesamten Bevölkerung der Stadt offenstanden und auch stets von mindestens zehn Außenstehenden besucht wurden, sollte zu der politischen Lage des betreffenden Landes nur Rudimentäres mitgeteilt werden, um möglichst niemanden zu gefährden.

Weil ich zu jedem Fest die Personen ausfindig machen musste, die sich an der Gestaltung eines Kulturnachmittags aktiv beteiligen wollten, begab ich mich nun oft in die Unterkunft der Asylsuchenden. Dies tat ich meist zu den Zeiten, in denen ich Amal mitnehmen konnte und hegte dabei auch die Absicht, ihn mit Menschen zusammenzubringen, mit deren Mentalität er einiges gemeinsam hatte, was bisher nur selten möglich gewesen war.

Tatsächlich wurden wir beide jedes Mal von allen, auf die wir trafen, mit offenen Armen empfangen, und der Junge wurde geherzt und geküsst, bis es ihm manchmal zu viel wurde.

Ach, da waren sie wieder, Hassans Augen, und gleich in vielfacher Ausführung.

Und ach, da fand ich den typischen Geruch unserer Berliner Mahlzeiten wieder, die Hassan meist weit nach Mitternacht zubereitete, wenn wir von unseren Umarmungen erschöpft und hungrig waren wie Wölfe nach einem langen Winter.

Und ach, immer wieder hörte ich sie aus den Zimmern der Flüchtlinge, meine über alles geliebten arabischen Klänge, unsere so oft gemeinsam gehörten Weisen von Fairuz und Om Kalthum, die jene Liebe beklagen, für welche in dieser Welt keine Erfüllung zu erwarten ist.

Ja, Hassan war zu jener Zeit überall dort präsent, wo ich mit Asylsuchenden zusammentraf.

Seine spirituelle Anwesenheit fachte zwar einerseits meine Sehnsucht nach ihm immer neu an, andererseits besänftigte sie aber auch meine stille Verzweiflung und trug so zur Besserung meiner gesundheitlichen Verfassung bei.

Dass auch Emil ein ganzes Jahr lang an der Flüchtlingsbetreuung teilnahm und mich bei der Organisation der monatlichen Feste unterstützte, hatte wohl den Grund, dass er als stellvertretender Leiter unseres Vereins funktionierte und dementsprechend auch immer wieder zu einem angesehenen Ansprechpartner für Außenstehende wurde, die sich für die Arbeit des Vereins interessierten.

Ohne Zweifel tat ihm die damit verbundene Wertschätzung gut.

Im Verlauf des zweiten Jahres traten fast alle Gründungsmitglieder aus dem Freundeskreis aus. Dies geschah aus verschiedenen Gründen.

Für mich wurde die Tatsache ausschlaggebend, dass immer mehr Flüchtlinge sich eine deutsche Freundin zulegten, mit dieser das Wochenende verbrachten und an unseren Festen kein Interesse mehr zeigten. So verständlich und geradezu vorhersehbar diese Entwicklung auch war, so trübte sie mir doch meine Freude an dem Einsatz für die Fremden. Dass ich zumindest ein klein wenig eifersüchtig war, wenn mir wieder einmal eine neue Freundin vorgestellt wurde, will ich nicht leugnen.

Tiefgreifender aber war folgender Verdacht, der sich bei mir bei so gut wie jeder neu entstandenen Beziehung einstellte: Als wahre Triebfeder der Verbindung schien stets eher Berechnung als Liebe oder wenigstens Zuneigung im Spiel zu sein. Mittlerweile hatte es sich nämlich herumgesprochen, dass eine Anerkennung als Flüchtling relativ einfach zu erreichen war, sobald man eine Frau mit deutschem Pass geheiratet hatte. Dass die meisten Asylsuchenden nun dieser Möglichkeit hinterherjagten, konnte ich gerade noch akzeptieren, nicht aber, dass kaum jemand einer betroffenen Frau reinen Wein einschenkte. Das bedeutete, dass dieser nicht vermittelt wurde, dass man nicht unsterblich in sie verliebt war, sondern sie ohne größere Skrupel dazu benutzte, ein persönliches Ziel zu erreichen. In der Regel erbeuteten die attraktiven und lebensfrohen Männer ohne Schwierigkeiten eine der unscheinbaren jungen Frauen, die gemeinhin als „Mauerblümchen" bezeichnet werden.

Dramen zeichneten sich ab und Dramen ereigneten sich: Viele der meist gänzlich unerfahrenen Frauen, die wohl zum ersten Mal eine Liebesbeziehung eingegangen waren, stießen in ihrem häuslichen Umfeld auf erbitterten Widerstand, wenn sie von einem Liebhaber aus einem fernen Land berichteten. Die meisten sagten sich daraufhin von ihren Familien los, heirateten trotz aller Widrigkeiten und mussten in Zukunft schauen, wie sie als Opfer von Lug und Betrug zurechtkamen.

Meine moralischen Skrupel betrafen jedoch nur die eine Seite der Medaille. Die andere war, dass ich mich zu fragen begann, ob ich mich wegen meiner Liebe zu Hassan und der ablehnenden Reaktion meiner Familie in diesen unglücklichen Frauen spiegeln musste oder nicht.

Bis heute habe ich keine eindeutige Antwort gefunden.

Fakt ist, dass auch Hassan zu den Zeiten unserer Begegnungen ein Asylsuchender war, wobei ich die Bedeutung dessen in ihrer tieferen Dimension damals noch nicht begriffen hatte.

Fakt ist weiterhin, dass auch Hassan sehr früh das Thema Ehe ins Spiel gebracht hatte.

Sobald ich über diese Zusammenhänge näher nachdenken wollte, tauchte zwischen meinen erinnerten Rosenbüschen ein hässliches Unkraut auf, dessen übelriechende Ausdünstungen mich verwirrten und das nie mehr vollständig auszurotten war.

Dass ich trotz meiner Erfahrungen und den daraus erwachsenden Zweifel viel später ganz eindeutig Opfer einer skrupellosen Machenschaft werden sollte, konnte ich zu diesem Zeitpunkt noch nicht ahnen.

Zeitgleich mit mir verließ auch Emil den Freundeskreis.

Wegen der bisherigen Notwendigkeit, regelmäßig einen Abend in der Woche außerhalb des Hauses zu verbringen, hatten wir eine Studentin aus der Nachbarschaft als zuverlässige Babysitterin gewonnen. Diese komfortable Situation wollten wir weiterhin beibehalten, zumal sowohl Emil als auch ich der Meinung waren, dass uns das Engagement für eine gemeinsame Sache gutgetan und uns einander etwas nähergebracht hatte. Aus diesen Gründen bemühten wir uns darum, einen Ersatz für die Treffen im Freundeskreis zu finden.

Zufällig bildete sich an dem Gymnasium, an dem Emil unterrichtete, gerade eine Kabarettgruppe und Emil wurde gefragt, ob er sich nicht an der Erarbeitung eines Programms und der späteren Aufführung beteiligen wolle. Auf mein Anraten hin sagte Emil zu und fragte auch noch, ob ich ebenfalls mitmachen dürfe.

Die Gruppe sagte zu.

Meinem Empfinden nach ließ man mich aber von Anfang an spüren, dass man mich nur als Anhängsel und nicht als vollwertiges Mitglied der Aktivisten betrachtete. Davon ließ ich mich aber zunächst nicht entmutigen, sondern gab mich mit Nebenrollen zufrieden.

Doch stammten letzten Endes die beiden Darbietungen, die bei den Aufführungen den meisten Applaus erhielten, von mir. Für Emil verpasste ich nämlich einem damals sehr populären Lied von Herbert Grönemeyer einen Text, der sich analog zu der besungenen Existenz von „Männern" mit den Aufgaben und Eigenschaften eines Lehrers beschäftigte. Ich übte es mit Emil ein und er trug es dann auch mit Charme und Witz vor.

Ich selbst sang als Solo mit Gitarrenbegleitung zu der Melodie von „Yesterday" von den Beatles einen Text, in dem ich einige Veränderungen in Bezug auf die Ausübung des Lehrerberufs beklagte und erhielt ebenfalls viel Beifall.

Mein Erfolg beim Publikum verbesserte meine Situation innerhalb der Kabarettgruppe jedoch nicht, sondern konfrontierte mich noch stärker als zuvor mit Misstrauen und fehlendem Respekt.

Ich gehörte einfach nicht dazu.

Vor diesem Hintergrund wollte ich mich an der Erarbeitung eines neuen Programms nicht mehr beteiligen und scherte auch aus diesem Engagement aus.

Sowieso hatte sich inzwischen eine neue Beschäftigungsmöglichkeit für mich aufgetan, die mir viel Spaß machte, mich zugleich aber auch herausforderte. Über eine Zeitungsannonce hatte ich Personen gesucht, die bei mir Unterricht auf der Altflöte erhalten wollten. Auf Anhieb hatten sich eine Studentin, zwei Hausfrauen und eine Schülerin gemeldet, sodass ich nun an vier Vormittagen in der Woche Flötenunterricht erteilte.

Zu diesem Schritt hatte ich mich entschlossen, nachdem ich mehrfach vergeblich versucht hatte, über alternative Möglichkeiten wieder in ein Berufsleben integriert zu werden. So hatte ich mich mit dem Schulamt in Verbindung gesetzt und vorgeschlagen, Schüler, die mit besonderen Schwierigkeiten zu kämpfen hatten, als eine Art „Sonderpädagogin" einzeln zu betreuen. Dazu berief ich mich auf die Tatsache, dass ich zu Beginn meiner Tätigkeit als Lehrerin zwei Jahre lang in einer damals so genannten „Sonderschule für Lernbehinderte" unterrichtet hatte und daher von der Materie etwas Ahnung habe. Man fand meine Idee von Amts wegen angeblich gut, aber aus finanziellen Gründen nicht realisierbar und verwies mich auf die Möglichkeit, in fünf Jahren einen Antrag auf eine Wiedereingliederung in den Schuldienst zu stellen.

Diese Aussicht tröstete mich einigermaßen, dennoch wollte ich die Zeit nicht ungenutzt verstreichen lassen und bemühte mich beim Arbeitsamt um eine Umschulung zur Schulpsychologin. Diese wurde mir aber aus mir unbekannten Gründen nicht gewährt.

Als auch eine Bewerbung um einen Studienplatz an der örtlichen Universität abschlägig beschieden wurde, begriff ich, dass ich wohl auf offiziellem Weg keinen Fuß mehr in eine Weiterbildung oder gar eine mir angemessene Berufstätigkeit würde setzen können.

Weil es mir aber von meiner ganzen Person her widerstrebte, meine immer noch jungen Jahre ohne eine anspruchsvolle Beschäftigung zu vertrödeln, dachte ich nun darüber nach, mit welcher meiner Begabungen ich mir eine sinnvolle Tätigkeit in freiberuflicher Ausübung aufbauen könne.

Es fiel mir ein, dass ich während meines Pädagogikstudiums viele Vorlesungen in Musikdidaktik gehört hatte. In der Hauptsache war es dabei um das Erlernen von Methoden gegangen, mit denen man die komplexe Materie Musik kindgemäß aufbereiten kann. Kurz gesagt wurde uns vermittelt, dass man in erster Linie die Freude an Klang und Rhythmen fördern, Wissensvermittlung weniger wichtig nehmen und Leistungszwang weitgehend vermeiden sollte.

In rein praktischer Hinsicht wurde uns der Umgang mit dem Schulinstrumentarium von Carl Orff beigebracht. Mich faszinierte damals die Möglichkeit, so gut wie mit jeder beliebigen Schulklasse aus dem Stand heraus „kleine Orchesterstücke" als ansprechende musikalische Ergebnisse improvisieren zu können.

Bald fühlte ich mich motiviert, alle benoteten Lehrproben in den Bereich Musik zu verlegen. Dies wurde stets mit bester Benotung honoriert, was nicht unwesentlich zu meinem guten Examensabschluss beitrug. Diese Erinnerungen ermutigten mich in meiner desolaten beruflichen Situation nun, an zumindest rudimentär in mir vorhandene musikpädagogische Fähigkeiten zu glauben.

Dass sich unsere „Dozentin für Musik und Musikdidaktik" meiner besonders angenommen hatte, fiel mir ebenfalls ein. Nachdem sie erfahren hatte, dass ich Querflöte spiele, lud sie mich in ihr Orchester ein und baute in die Aufführungen, die jedes Semester stattfanden, stets kleine Solostellen für mich ein.

Von meinen Kommilitoninnen und Kommilitonen wurde ich deshalb „die mit der Flöte" genannt.

Meiner damaligen Gönnerin verdanke ich auch folgendes Ereignis:

In der mündlichen Abschlussprüfung wurde mir im Fach Religion eine Frage gestellt, die ich nicht beantworten konnte, da sie in einer Vorlesung erörtert worden war, die ich aus zeitlichen Gründen nicht hatte besuchen können. Diesen Sachverhalt teilte ich dem Prüfer mit.

Der Religionsdozent empörte sich über meine zweifache Dreistigkeit, mit der ich seine Vorlesung „geschwänzt" hatte und dies nun auch noch offen zugab.

Zu meinem Glück war unsere Musikdozentin Prüfungsbeisitzerin. Während meines beschämten Abgangs zwinkerte sie mir heimlich zu, und noch während ich auf dem Flur auf meine nachfolgende Prüfung wartete, kam sie auf mich zu und winkte mich in eine Ecke, in der uns niemand hören konnte.

Dort teilte sie mir mit, dass sie dem Prüfungsvorsitzenden habe vermitteln können, dass ich eigentlich „eine sehr gute Studentin" sei, und dass Ehrlichkeit als moralischer Wert doch auch anerkannt werden müsse. Dadurch habe sie für mich eine Zwei erreicht.

Für diese verständnisvolle und auch effektive Fürsprache war ich natürlich sehr dankbar.

Auch eine andere Begegnung mit unserer Musikdozentin ist mir in Erinnerung geblieben. Eines Tages bat mich die Dame, an einem Test über angeborene Musikalität teilzunehmen, den sie für eine Veröffentlichung durchzuführen gedachte.

Ich sagte zu und unterzog mich diesem Test.

Nach der Auswertung meinte die Dozentin, dass ich als Studentin eigentlich nicht auf eine pädagogische Hochschule, sondern auf eine Musikhochschule gehören würde und wollte wissen, warum ich meine musikalische Begabung nicht ausreichend ernst genommen hätte und dadurch „am falschen Platz" gelandet sei.

Zögernd vertraute ich ihr daraufhin an, dass ich aus einem Pfarrhaus mit einem streng religiösen Anschauungs- und Verhaltenskodex käme.

Dieser verbiete es, sich in der Öffentlichkeit zu präsentieren, denn Christen müssten in erster Linie einander dienen und dabei nach Möglichkeit aus dem Hintergrund agieren. Höchst verpönt sei, sich gegenseitig übertreffen zu wollen oder gar mit fragwürdigen Darbietungen in den Vordergrund zu drängen. Überdies sei die Ausübung von Musik in den Augen meiner Eltern nur „zur Ehre Gottes" moralisch gerechtfertigt. Vor diesem Hintergrund hätte ich einige Jahre lang die kirchenmusikalische Schule besuchen und gleichzeitig in den Gottesdiensten meines Vaters die Orgel spielen müssen. Außerdem hätte niemand danach gefragt, was ich eigentlich selbst hätte werden wollen. Da ich noch fünf Geschwister hätte, worunter zwei Brüder seien, hätten meine Eltern mich wie auch meine drei Schwestern von vornherein nur deshalb auf ein Gymnasium geschickt, damit wir später „als Lehrerinnen wirken" könnten.

Dies sei uns sehr früh sehr deutlich klargemacht worden.

Da mir an dieser Stelle plötzlich Tränen in die Augen stiegen, legte mir die Dozentin ihre Hand auf den Arm und murmelte etwas davon, dass in den Gedankenwelten vieler Menschen leider noch das Mittelalter herrsche.

Es tue ihr leid, versicherte sie mir anschließend glaubhaft und meinte dann noch, dass es immerhin beachtenswert sei, dass ich bei diesem familiären Hintergrund überhaupt studieren dürfe.

Von diesem Tag an liebte und verehrte ich unsere Musikdozentin über alles.

Aus heutiger Sicht vermute ich, dass diese Frau eine Art „Seelenverwandte" in mir sah und zumindest unterschwellig an einer Freundschaft auf menschlicher Ebene interessiert war. Doch damals habe ich ihre dezente Werbung nicht verstanden und war überdies viel zu schüchtern, um mich auf freundschaftliche Kontakte mit einer Person, die ich verehrte, einlassen zu können.

Nach dem Studium verlor ich die Dozentin aus den Augen, was ich bis heute sehr bedaure.

Als ich nach Jahren davon erfuhr, dass sie sich während einer Phase der Depression das Leben genommen hatte, erschütterte mich diese Nachricht zutiefst. Was genau die Dozentin zu ihrem verzweifelten Schritt motiviert hatte, konnte ich indes nie in Erfahrung bringen.

Aber zu der Zeit, als ich fieberhaft nach einer neuen, sinnvollen Beschäftigungsmöglichkeit für mich suchte, verliehen mir die auftauchenden Erinnerungen an diese Frau einen Großteil der Kraft und des Mutes, die ich aufbringen musste, wenn ich ohne offizielles Musikstudium nebenberuflich eine Karriere als private Musiklehrerin anstreben wollte.

Tatsächlich wurde meine neue Tätigkeit ein Erfolg.

Mit dem Einfall, meine spezielle Art des Unterrichts als „kindgemäß" zu bezeichnen und in den anfänglichen Inseraten mit diesem Begriff zu werben, füllte ich eine Nische aus.

Wer sich bei mir meldete, wollte Musik machen, war aber nicht ausgesprochen musikalisch begabt. In Schulnoten ausgedrückt, waren es „Dreier- bis Viererschüler". Wollte man ihr Talent wecken und zur Entfaltung bringen, musste man für diese Menschen mehr Zeit und mehr Geduld aufwenden als für die Hochmusikalischen, die in der Regel die städtischen Musikschulen besuchen.

Für meine besonders einfühlsamen Bemühungen wurde ich jedoch reichlich belohnt. Sobald dem Instrument erste Töne entlockt waren, brachte man mir Wellen und Wogen der Dankbarkeit entgegen, bei wachsendem Können auch Liebe. Die Zuneigung meiner Schülerinnen und Schüler rührte mich und versöhnte mich allmählich mit der Tatsache, dass mir mein erlernter Beruf genommen worden war.

Dennoch beantragte ich nach fünf Jahren eine Wiedereingliederung in den Schuldienst. Als dieser mir aus fadenscheinigen Gründen erneut verwehrt wurde, erweiterte ich mein Repertoire, indem ich nun auch noch den Unterricht auf der Querflöte sowie auf dem Klavier und dem Keyboard anbot. Bald hatte ich so viele Schülerinnen und Schüler, wie mir von Amts wegen für eine Nebentätigkeit erlaubt war.

Meinen neuen Beruf übte ich bis zu meinem sechzigsten Lebensjahr aus, auch zwei Jahre lang in Stuttgart und zuletzt fünf Jahre lang in Berlin.

Danach bat Rebecca mich, sie in ihrem Alltag zu unterstützen, da sie ihr erstes Kind bekommen hatte und ihre Berufstätigkeit als Journalistin nicht aufgeben wollte.

Doch zurück zu früheren Jahren:

Zeitgleich zu der erfreulichen Entwicklung in meiner neu-
en Berufstätigkeit ging es in meiner Ehe mit Emil bergab. Der
äußere Grund war folgender:

Da es sich in der Nachbarschaft herumgesprochen hatte,
dass ich Menschen mit ausländischen Wurzeln gegenüber in
der Regel freundlich gesinnt bin, wurde ich eines Tages von einer Griechin gefragt, ob ich bereit sei, ihre kleine Tochter während der Mittagspause der Kita zu betreuen. Da Amal zu dieser
Zeit die gleiche Kita wie die kleine Natalja besuchte, kam ich
der Bitte natürlich nach, verlangte sie von mir doch überhaupt
keinen zusätzlichen Aufwand an Zeit und Mühe. Deshalb wies
ich selbstverständlich das Angebot ab, mich für die genannte
Gefälligkeit zu bezahlen.

Die Eltern des Mädchens führten damals ein Restaurant,
und weil sie mir unbedingt auf irgendeine Weise ihre Dankbarkeit zeigen wollten, luden sie Emil und mich wie auch Amal und
Jonathan regelmäßig in ihr Restaurant zu kostenlosen Mahlzeiten ein.

Ich erinnere mich gut an das köstliche Essen, das uns bei diesen Gelegenheiten serviert wurde, doch leider ergab sich auch
eine unschöne Begleiterscheinung:

Bis zu dieser Zeit hatte ich keine Ahnung davon, dass Emil
früher ein paar Jahre lang so viel Alkohol konsumiert hatte,
dass man ihn als Alkoholiker hätte bezeichnen können.

Als ich ihn kennenlernte, gab es dafür keinerlei Anzeichen.

Er und ich tranken zum Essen Mineralwasser, die Kinder
Limonade. Alkohol spielte in unserem Haushalt also in keiner
Form eine Rolle, und

während unseres Engagements für die Flüchtlinge war Alkohol sowieso tabu, da viele der Asylsuchenden als Muslime
diesen ablehnten.

Im griechischen Restaurant servierte man uns nun aber zu
unseren Mahlzeiten auch Wein. Während ich dankend ablehn-
te, ließ sich Emil das Glas füllen, trank fröhlich Weiß- und Rot-
weine, wie sie auf den Tisch kamen, trank in großen Mengen

und wurde dadurch wieder in seine frühere Alkoholabhängigkeit getrieben.

Nun gab es auch zu Hause Bier und Wein, täglich und in absolut schädlichen Mengen.

Diese Entwicklung entsetzte mich, aber ich konnte sie nicht positiv beeinflussen, da alle meine diesbezüglichen Bemerkungen nur Emils Unmut provozierten.

Allmählich breitete sich eine Aura von Bedrohlichkeit um ihn herum aus, sodass sowohl meine Kinder als auch ich uns mehr und mehr zurückzogen. Vor allem begleitete ich ihn nun nicht mehr zu den Treffen mit einer Gruppe von Kollegen und Kolleginnen, von denen er stets im betrunkenen Zustand zurückkam.

Eines Abends zahlte er mir seinen Frust über mein zunehmend abweisendes Verhalten heim, indem er sich nach der Rückkehr von einem Gelage plötzlich auf mich stürzte und mich mit beiden Fäusten traktierte, bis es mir gelang, mich zu befreien, laut schreiend aus der Tür zu laufen und in der Nachbarschaft Hilfe zu holen.

Schon um meiner beiden Söhne willen, die Zeugen dieses heimtückisch bösen Übergriffs waren und nie mehr etwas derartig Abscheuliches erleben sollten, musste ich nun eine zweite Scheidung in die Wege leiten.

Danach verschwand Emil sang- und klanglos aus meinem Leben und aus dem meiner Söhne.

Wir begegneten uns nie wieder.

Obwohl ich Emils Auszug nicht bedauerte, fiel ich danach in eine Phase tiefer Traurigkeit.

In meiner neuen Einsamkeit erschien Hassan wieder allnächtlich in meinen Träumen und lockte mich dort derart verführerisch in seine Arme, dass ich nicht nur einmal beim Erwachen in Tränen ausbrach.

Eines Tages bekam ich die Idee, meine bittersüßen Erlebnisse mit meiner großen Liebe literarisch zu verarbeiten.

So entstand innerhalb weniger Wochen ein Theaterstück, dem ich den Titel „Bei uns heißt Liebling Habibi" gab.

Sein Inhalt ist schnell erzählt:

Zwei junge Frauen verlieben sich in zwei arabischstämmige Asylbewerber und geraten dadurch in die Notwendigkeit, sich mit einer ihnen bis dahin völlig fremden Kultur auseinanderzusetzen.

Obwohl es beiden Frauen gelingt, die jeweils entstandenen Konflikte zu lösen, bleiben beide am Ende allein zurück, da ihre Freunde Asyl erhalten und in das weit entfernte Berlin umziehen.

Für die beiden jungen Frauen bleibt zwar die Aussicht, Ali und Hamad in Berlin besuchen zu können, dennoch verschwindet ihre Zukunft insgesamt im Ungewissen.

Nachdem das Stück geschrieben war, wollte ich es auch aufführen.

Um meinen Plan in die Tat umsetzen zu können, wandte ich mich an meine ehemaligen Mitstreiterinnen und Mitstreiter aus dem Freundeskreis. Umgehend fanden sich dort zwei palästinensische Flüchtlinge, die von meinem Vorhaben zu begeistern und auch sofort bereit waren, die beiden Hauptrollen zu übernehmen.

Die weiblichen Schauspielerinnen fand ich über meine Musikschülerinnen, und diese kannten wiederum die noch fehlenden Personen, die für die Besetzung der Nebenrollen gebraucht wurden, sodass ich sehr schnell mit meinem Projekt beginnen konnte.

Für die Probezeit hatte ich mir ein bestimmtes Konzept ausgedacht:

Wir sollten uns jede Woche einmal treffen, und zwar reihum in den Wohnungen der Schauspielerinnen und Schauspieler. Vor den Proben sollten wir eine gemeinsame Mahlzeit zu uns nehmen, die von dem jeweiligen Gastgeber oder der Gastgeberin vorbereitet werden sollte.

Da unsere Gruppe nur aus etwa zehn Personen bestand und wir uns auf eine einfache Bewirtung einigen konnten, sah ich mich in der Lage, die benötigten Zutaten aus eigener Tasche zu finanzieren.

Dies tat ich für Hassan, wobei ich sehr deutlich wahrnahm, dass meine selbstlose Haltung eine starke Verbindung zu meiner verlorenen Liebe herstellte, für die ich nach wie vor alles getan hätte, was in meiner Macht stand.

Nach etwa zehn Probewochen führten wir mein Stück dreimal auf:

Im Theater unserer Stadt, in einem Theater in der Stuttgarter Vorstadt und in einem Asylantenheim am Bodensee.

Alle Vorstellungen waren ausverkauft und wurden mit heftigem Beifall bedacht.

Dennoch bekam ich keine Gelegenheit für ein weiteres Theaterprojekt, zumal genau wie gegen Ende meines Stückes die beiden Palästinenser Asyl erhielten und aus unserer Stadt wegzogen.

Ich selbst hatte es während der Proben mühsam gefunden, mich mit immer der gleichen Sache beschäftigen zu müssen.

Diese Wahrnehmung führte zu der Erkenntnis, dass ich nicht zu einer Regisseurin geboren bin und es daher ratsam wäre, für die Verarbeitung meiner inneren Befindlichkeit eine andere Ausdrucksform zu suchen.

So kam ich auf die Idee, meine täglichen Erlebnisse und die sie begleitenden Gefühle in einem Tagebuch festzuhalten. Diese Tätigkeit half mir, meinen tieferen Gefühlen zu begegnen und auf diesem Weg meine Einsamkeit zu mildern.

Ergebnisse therapeutischer Bemühungen

Wenige Monate nach meiner Scheidung von Emil äußerte mein Therapeut die Meinung, dass ich aus seiner Sicht seine weitere Begleitung nicht mehr brauche, denn ich könne jetzt auf eigenen Füßen stehen.

In einer abschließenden Sitzung fasste er nochmals die wichtigsten Ergebnisse unserer gemeinsamen Bemühungen zusammen.

Ich hätte einen seelischen Wachstumsprozess durchlaufen, die dadurch entstandene Erweiterung meiner Persönlichkeit akzeptiert und auch in meine frühere Person integriert.

Zum jetzigen Zeitpunkt bestehe mein Begabungspotenzial aus vier Hauptsträngen, die wir zum besseren Verständnis mit Namen versehen hätten:

- SOFIA stehe für meine kognitive Begabung,
- CARMEN für meine Musikalität,
- LAILA für meine Sinnlichkeit,
- ROMA für meine Abenteuerlust sowie für meine intellektuelle Neugier.

Zu den bisherigen Entwicklungsmöglichkeiten meiner Persönlichkeitsanteile sei Folgendes festzuhalten:

SOFIA habe insgesamt die besten Entwicklungsvoraussetzungen vorgefunden, denn sie sei sowohl von frühester Kindheit an als auch später in der Schule und während des Studiums annähernd angemessen gefördert worden.

CARMEN habe immerhin im kirchenmusikalischen Bereich und später auch auf der pädagogischen Hochschule etwas Resonanz gefunden, wenn auch nicht im eigentlich angemessenen Maße.

LAILA und ROMA seien dagegen sowohl während meiner Kindheit und Jugend als auch während meiner Zeit mit Gregor auf rigide Art unterdrückt worden.

Beide hätten jedoch ab meinem dreißigsten Lebensjahr ihre Daseinsberechtigung so heftig eingefordert, dass ich darüber in eine tiefe Lebenskrise gestürzt sei.

Diese hätte ich damals jedoch nicht in ihrer entwicklungspsychologischen Bedeutung erfassen können. Stattdessen hätte ich heftige Schuldgefühle entwickelt, da die von LAILA und ROMA ausgehenden Impulse mich zu Handlungen inspiriert hätten, die von meiner fundamental christlich geprägten Lebenseinstellung noch nicht akzeptiert werden konnten. Diese Gemengelage habe mich zu zerreißen gedroht.

Um nicht in einen Zustand der Schizophrenie zu geraten, habe es nur den einen Ausweg gegeben, nämlich aus der lieblosen und einengenden Beziehung mit Gregor auszubrechen. Der Aufenthalt in Kolumbien habe dann auch ROMA aus dem Kerker befreit, in den sie bis dahin verbannt worden war.

Zurück in Deutschland habe die bis dahin viel zu wenig beachtete LAILA in Verbindung mit ROMA unausweichlich zur Liebesgeschichte mit Hassan geführt.

In der Folge hätten LAILA und ROMA ihr Existenzrecht immer nachhaltiger behauptet und dabei meine innere Landschaft verändert. Während dieses Prozesses hätte ich immer häufiger meine christliche Prägung zumindest in Details durch eine neue Sichtweise der Dinge ersetzt.

Meine therapeutische Behandlung habe mich auf dem Weg zu einer eigenständigen Denk- und Handlungsweise unterstützt und gleichzeitig meine Schuldgefühle reduziert.

Am jetzigen Punkt meines Lebensweges sei ich in der Lage, selbstständig zu entscheiden, wie es mit mir und meinem Leben weitergehen solle.

Allerdings müsse ich auch bedenken, dass ich in Zukunft alle Konsequenzen meines Tuns und Handelns in Alleinverantwortung tragen müsse.

Zuletzt legte mir Dr. Murmel noch folgenden Rat ans Herz: Bei allen weitreichenden Entscheidungen solle ich um eine Lösung ringen, in welcher die Ansprüche meiner vier Persönlichkeitsanteile möglichst gleichberechtigt berücksichtigt würden.

Sobald mir dies nicht gelinge, müsse ich mit innerer Unruhe, Selbstzweifeln und Ängsten rechnen. Diese voraussehbaren Reaktionen müssten aber auch als wichtige innere Instanzen verstanden werden, die mir eine bedeutsame Orientierungshilfe bieten könnten.

So gerüstet, könne ich mich auf einen neuen Lebensabschnitt freuen, der mit Sicherheit weniger problembelastet sei als meine erste Lebenshälfte.

Dr. Murmel wünschte mir noch viel Glück, und beim letzten Händedruck hatten wir beide Tränen in den Augen.

Einige Monate nach dem Abschied von meinem Therapeuten Dr. Murmel hörte ich per Zufall im Radio einen Vortrag über Carl Gustav Jung.

Was ich hierbei erfuhr, berührte mich zutiefst, sodass ich umgehend beschloss, mich mit dem Gedanken- und Lehrgebäude dieses Psychoanalytikers intensiv auseinanderzusetzen.

Die Durchführung dieses Vorhabens beschäftigte mich insgesamt fünf Jahre und trug wesentlich dazu bei, dass ich meinem Leben insgesamt eine ganz neue Wendung geben konnte.

Kurz zusammengefasst schienen mir folgende Gedankengänge von Carl Gustav Jung besonders bedeutsam:

1. Der Sinn des Lebens bestehe in der Aufgabe, sich zu der Persönlichkeit zu entfalten, zu der man angelegt sei.
2. Um dieses Ziel zu erreichen, müsse man sich auf den Weg zur sogenannten „Individuation" begeben. Dabei bilde sich nach und nach das eigene „Selbst" heraus, gewissermaßen als eine innere Instanz, die teils aus dem Resultat gemachter Erfahrungen und teils aus dem vererbten Wissen der gesamten Menschheit bestehe.
3. Es sei wichtig, dass man sich allem öffne, was einem begegne, da man aus allem lernen und so seine Persönlichkeit erweitern könne.
4. Wirklich scheitern könne man auf diesem Weg nicht, wenn man beachte, dass jedes Ding zwei Seiten und jeder Mensch

einen „Januskopf" besitze, der nur auf der Vorderseite weiß, auf der Rückseite dagegen schwarz sei. Welche Seite man sehe, komme auf den Standpunkt des Betrachters an, und dieser könne sich ändern.

5. Wer mutig genug sei, in das eigene Unbewusste zu schauen, könne sogenannte „Transformationsprozesse" in die Wege leiten. Während dieser würden die Energien, die seit einer früher stattgefundenen Verdrängung gefesselt und teilweise randalierend im dunklen Teil der Seele gehaust hätten, nicht nur befreit, sondern auch in kreative Impulse umgewandelt.

Diese Meinungen faszinierten mich aufs Äußerste.

Sie bestätigten mich vor allem in meiner Ahnung, dass meine Liebesgeschichte mit Hassan nicht einem unmoralischen, verantwortungslosen Impuls entsprungen war, wie meine Umwelt mir suggerieren wollte, sondern den verzweifelten LAILA- und ROMA Anteilen meiner Person, die unbedingt aus ihrer Knebelung befreit werden mussten, wenn sie nicht ihre zerstörerische Rebellion weiterführen sollten.

Darüber hinaus bekräftigten die Ansichten Carl Gustav Jungs noch einmal die Empfehlungen von Dr. Murmel, meinen eigenen Weg zu suchen, auch wenn dadurch die Erwartungen anderer Menschen enttäuscht würden.

Für mich bestand das Fazit all dessen in folgender Erkenntnis: Nach Meinung der beiden Psychotherapeuten Dr. Murmel und Carl Gustav Jung sei es von nun an meine erste und wichtigste Aufgabe, mich um mein eigenes Seelenheil zu kümmern beziehungsweise die Entfaltung meiner Hauptpersönlichkeitsanteile nicht nur zuzulassen, sondern sogar voranzutreiben.

Damit dies geschehen könne, müsse ich auf die Impulse achten, die aus meinem eigenen Inneren aufsteigen würden, auf Träume, assoziative Einfälle und spontane Ideen also, aber auch auf Ängste und Gefühle der Unsicherheit.

Die Eindeutigkeit dieses Auftrages gab mir den Mut, den Weg ins Ungewisse, den Beginn einer „Individuation" zu wagen.

Die Tatsache, dass mir seit meiner skandalösen Beziehung zu Hassan und erst recht nach der Geburt unseres Sohnes der Zugang zum „ehrenwerten" Teil meiner Familie, ja, zu unserer gesamten Gesellschaft verwehrt worden war, hatte mich bis dahin ziemlich betrübt.

Bisher hatte ich mir selbst die Schuld daran gegeben, dass so viele Türen vor mir zugeschlagen worden waren, daher hatte ich nicht nur meine soziale Isolation als folgerichtige Konsequenz meines „Fehltritts" hingenommen, sondern auch versucht, mich mit meiner Isolierung zu arrangieren.

Dieses Verhalten änderte sich, nachdem ich mir gemeinsam mit Dr. Murmel und durch die Beschäftigung mit dem Lehrgebäude von Carl Gustav Jung die innere Erlaubnis erteilt hatte, Impulse zur Lebensfreude, Lebendigkeit und Weiterentwicklung meiner Persönlichkeit auf genau jenen verborgenen Pfaden zu suchen, die meinen moralischen Sittenwächtern weitestgehend unzugänglich waren.

Je deutlicher ich dabei spürte, dass LAILA und ROMA aufblühten und immer öfter lachten und tanzten, umso neugieriger wurde ich auf die neuen und unerhörten Möglichkeiten, die nach und nach am Horizont auftauchten und tausendfarbig zu ihrer Erprobung lockten.

TEIL II

Ein Ehemann aus Ghana

Mein dritter Ehemann hieß Akuasi und kam aus Ghana.

Es handelte sich bei dieser Ehe keinesfalls um eine Liebesangelegenheit, sondern um einen Gefallen, den ich Akuasi tat, weil er mich darum gebeten hatte.

Eigentlich war ich damals bereits der Meinung gewesen, ein für alle Mal von Beziehungen mit Männern genug zu haben und auf keinen Fall erneut zu heiraten.

Gleichzeitig war mir bewusst, dass der freie Platz an meiner Seite für einen anderen Menschen einige günstige Wendung seines Lebens mit sich bringen könnte.

Und warum sollte ich nicht etwas verschenken, was ich selbst nie mehr brauchen würde?

Unter diesen Überlegungen fand ich nicht viel dabei, als ich Akuasi auf seine höfliche Anfrage hin mitteilte, dass ich ihn heiraten würde, damit er größere Chancen hätte, Asyl in Deutschland zu bekommen.

Dass ich an dieser Ehe jedoch nur so lange festhalten würde, als dies nötig sei, versprach ich noch dazu.

Wie gesagt, in dieser Beziehung waren keine Gefühle im Spiel, der Umgang mit Akuasi war sogar zunächst sehr gewöhnungsbedürftig.

Die Hochzeit feierten wir mit vielen Freunden von Akuasi in einer Halle, die für größere Veranstaltungen geeignet war.

Einige der Gäste hatten sich zu Ehren des Brautpaares in afrikanische Gewänder gehüllt und führten im Laufe des Festes mehrere Tänze aus ihrer Heimat vor, die ich im Grunde meines Herzens als „unerträglichen Lärm und grelles Getöse" empfand, das mir überhaupt nicht lag.

Dass es am Abend sogar zu einem Polizeieinsatz kam, weil sich einige Gäste ständig vor der Halle aufhielten und Nachbarn sich von ihrem lauten Palaver in ihrer Landessprache Twi sowie ihrem fröhlichen Gelächter gestört fühlten, beschämte mich zutiefst.

Es war nur gut, dass keines meiner Kinder an dieser Hochzeit teilgenommen hatte, so blieb ihnen eine äußerst peinliche Situation erspart, an die auch ich mich nicht gerne erinnere.

Dennoch haben meine Kinder insgesamt sehr darunter gelitten, dass ich mich von heute auf morgen bereit erklärte, einen dunkelhäutigen Menschen mit fremden Sitten in unsere Familie aufzunehmen und kurz darauf auch noch zu heiraten.

Besonders Jonathan nahm mir diese Aktion übel.

Mit seiner Wut und Enttäuschung hat er mich allerdings erst viel später konfrontiert, als er bereits außer Haus studierte und mir im Rahmen einer heftigen Auseinandersetzung einmal vorwarf, dass ich stets meine eigenen Wege gegangen sei, ohne auf meine Umwelt Rücksicht zu nehmen.

Diesen Klagen schlossen sich auch Rebecca und Amal an.

So musste ich mich schließlich der Tatsache stellen, dass ich mit meinen „Gutmensch-Aktionen" zwar einige Leute unterstützen konnte, gleichzeitig aber andere, die mir viel näher standen und mir eigentlich auch viel wichtiger waren, sehr verletzte.

Diese Einsicht schmerzte zutiefst.

Heute sehe ich die Angelegenheit wieder in einem etwas helleren Licht, nachdem es sich im Laufe der Zeit von Vorteil erwiesen hat, dass meine Kinder bereits in ihrer Jugend mit ungewohnten Sitten und Verhaltensformen konfrontiert wurden und notgedrungen hatten lernen müssen, dass man auf diese angemessen reagiert, wenn man ganz ungezwungen und immer auf Augenhöhe kommuniziert.

Zumindest ist Rebecca, Jonathan und Amal heute der Umgang mit Menschen aus den afrikanischen, orientalischen und südamerikanischen Kulturkreisen so vertraut wie derjenige mit uns Europäern, was ihnen in ihren Berufen als Journalistin, Arzt und Psychologe sehr zugutekommt.

Ich sehe es darüber hinaus auch als einen hohen Wert an, dass sich meine drei Kinder gesinnungsmäßig zu Weltbürgern entwickelten und weder in ihren Köpfen noch in ihrem Verhalten die Grenzen akzeptieren, die unsere Gegenwart so schwierig und meiner Meinung nach auch so gefährlich machen.

Dadurch kann ich mir jetzt besser verzeihen, dass ich meinen Kindern viel, ja vermutlich zu viel zugemutet habe, da sie als Heranwachsende lieber eine ganz normale Person zur Mutter gehabt hätten als eine, die sich ständig auf Extra-Touren begab.

Dass Jonathan und Amal an all dem Befremdlichen, das ich ihnen aufgezwungen habe, nur gelitten hätten, entspricht allerdings auch nicht ganz der Wahrheit.

Immerhin waren beide Jungs stets begeistert dabei, wenn Akuasi am Samstag seinen Fufu zubereitete, zu dem er mich, Jonathan und Amal und immer auch einige seiner Freunde einlud.

Das afrikanische Gericht „Fufu" besteht aus einem Brei aus gestampften Maniokwurzeln, über den man eine Art Fleisch-Fisch-Gemüse-Eintopf gießt.

Das Ganze wird in einer großen Schüssel serviert. Diese stellt man in die Mitte des Tisches, um den sich alle, die miteinander essen wollen, stehend versammeln.

Man greift nun mit der rechten Hand in die Schüssel, tastet nach dem zähen Brei, reißt ein Stück von diesem ab und fischt sich einen möglichst großen Happen von Fisch, Fleisch oder Gemüse und führt dann alles miteinander zum Mund.

Da ich mich zu dieser Zeit noch nicht vegetarisch ernährte, nahm auch ich an diesen Festessen teil und kann bezeugen, dass sie sehr, sehr köstlich waren.

Dass dabei nach Herzenslust geschmatzt wurde, dass es von den bald glibberig gewordenen Händen der Esser nur so tropfte, dass auch immer wieder Knochen ausgelutscht und danach einfach auf den Tisch geworfen wurden, war gewöhnungsbedürftig, wurde aber von allen akzeptiert.

Ich habe jedenfalls keine Fufu-Mahlzeit erlebt, bei der am Ende auch nur ein einziger Batzen Brei oder auch nur ein Tropfen Suppe in der Schüssel zurückgeblieben wäre.

Nach dem Essen kümmerte Akuasi sich sofort um das Aufräumen:

Er rollte die vollgekleckerte Zeitung, die vor der Mahlzeit auf dem Tisch ausgebreitet worden war, zusammen und entsorgte sie im passenden Müll, wischte die Tischplatte mit warmem Wasser ab und räumte alle von ihm benutzten Töpfe und Schüsseln in die Spülmaschine.

Danach begab er sich mit seinen Gästen in mein Wohnzimmer, wo für jeden eine Flasche Bier bereitstand, mit der man sich in fröhlicher Runde über mehrere Stunden vergnügte.

Dabei entfaltete sich jedes Mal sehr bald der wirklich sympathische Grundcharakter der Menschen aus Ghana:

Man prostete einander zu, nannte sich mit dem Nicknamen, den jeder besaß, lachte, schlug sich auf die Schenkel, erzählte etwas Lustiges und drückte mit einem großen Reichtum an Gesten sein eigenes Wohlgefühl sowie die allseits vorhandene gegenseitige Zuneigung aus.

Die Unterhaltung wurde in einem Gemisch aus Englisch und Twi geführt, wobei sich zu dem Kauderwelsch mit der Zeit auch immer mehr deutsche Begriffe mischten.

Auch wenn ich nie alles verstand, was geredet und gescherzt wurde, so fühlte ich doch besonders während dieser Gelegenheiten, dass Akuasi und seine Freunde gutmütige und vertrauenswürdige Menschen waren, die Geselligkeit liebten und dies auch in einer fremden Welt und mit beschränkten Mitteln zum Ausdruck bringen konnten.

Über die erwähnten Berührungspunkte hinaus hatten Akuasi und ich jedoch kaum etwas miteinander zu tun.

An Wochentagen stand mein Mann früh auf, fuhr mit dem Zug zu seiner Arbeit in einer Autowerkstatt und kam abends so müde und ausgelaugt zurück, dass er nach einer einfachen Mahlzeit, die er selbst zubereitete und deren Zutaten er aus eigener Tasche bezahlte, früh zu Bett ging.

An allen Sonntagen war er bei einem seiner Freunde eingeladen.

So begegneten wir uns nur selten.

Da wir jedoch aus Platzgründen mein breites Bett miteinander teilten, kam es zwischen Akuasi und mir gelegentlich auch zu Umarmungen.

Sie ereigneten sich einfach so, bedeuten mir so gut wie nichts und, wie ich zu spüren meinte, meinem Mann ebenso wenig.

Auf der erotischen Ebene passten wir nicht zueinander.

Wenn es aber bei seltenen Gelegenheiten dazu kam, dass ich einfach nur neben Akuasi liegen und ihm ein paar Informationen über seine afrikanische Heimat entlocken konnte, erwachte „ROMA" aus ihrem Tiefschlaf und rekelte sich.

Dann war ich für eine kurze Zeit so etwas wie glücklich.

Am liebsten ließ ich mich von den Erzählungen meines fremden Gefährten in seine Heimatstadt Kumasi entführen, um gemeinsam mit ihm den prächtigen Umzug ihres Königs zu bestaunen, wenn der von seinen schreiend bunt dekorierten Vasallen auf einem goldenen Stuhl durch die Straßen getragen wurde.

Dann huldigten ihm alle seine Untertanen, indem sie sich vor ihm auf den Boden warfen und die Erde zu seinen Füßen küssten.

Wenn man Akuasis Worten Glauben schenken darf, war der König in Ghana bei dem Volk weitaus beliebter als der eigentliche Regierungschef, der in der Hauptstadt Accra residierte und mit eiserner Hand gegen das Bedürfnis seiner Landsleute nach Prunk, Pracht und Pomp vorging.

Auch Akwasi war vor seinen Maßnahmen geflohen, wovor genau wurde mir aber im Detail nicht mitgeteilt. Überhaupt erfuhr ich wenig über Akwasi und seinen familiären Hintergrund.

Vagen Angaben zufolge entstammt er einer unehelichen Verbindung eines Ministers mit einer einfachen Frau.

Sein Vater soll in England gelebt und Ghana nur ab und zu besucht haben.

Mit seinem Sohn habe er bei diesen Gelegenheiten keinen direkten Umgang gepflegt, aber dafür gesorgt, dass dieser ein christlich geführtes Internat besuchen und später in Accra Englisch und Geografie studieren konnte.

Was an dieser Geschichte stimmt und was nicht, konnte ich nie in Erfahrung bringen.

Ich bemühte mich auch nicht besonders eifrig um eine diesbezügliche Wahrheitsfindung, denn ich wusste ja bereits aus meiner früheren Beschäftigung mit dem Thema Asyl, dass unter den Flüchtlingen viele Versionen von Verfolgungen kursieren, die teils erfunden sind, teils der Wahrheit entsprechen oder eine Mischung aus beiden Ebenen darstellen.

Es war mir auch bekannt, dass je nach Anraten der Anwälte, die sich mit dem entsprechenden Fall befassen, aus dem reichen Reservoir der Möglichkeiten geschöpft wird, wenn jemand seine Situation um seiner Zukunft willen möglichst vorteilhaft darstellen muss.

Was Akwasi betraf, so genügte mir der Eindruck, den er insgesamt auf mich machte:

Er war klug und gebildet, wusste sich zu benehmen und trat bescheiden auf. Damit war er es in meinen Augen wert, ihn ein Stück auf seinem Weg in eine lebbare Zukunft zu begleiten.

Insgesamt lebten wir knappe vier Jahre miteinander.

Als keine Notwendigkeit mehr bestand, noch länger zusammenzubleiben, trennten wir uns in gegenseitigem Einverständnis, wie es zuvor abgesprochen worden war.

Nach unserer Scheidung begegneten auch wir uns niemals mehr.

Aus heutiger Sicht waren die gemeinsamen Jahre nicht verloren, da sie mir zumindest einige Einblicke in die Kultur und Lebensart westafrikanischer Menschen gewährten.

Ich buche diese Ehe deshalb als „Jahre einer erfüllten Begegnung" ab, die sich unvorhersehbar und ungeplant einfach ereignet, ihren Zweck erfüllt und sich danach von selbst erledigt hatte, ohne tiefgreifendere Spuren zu hinterlassen.

Eine schmerzliche Begegnung

Als ich eines Tages durch unsere Stadt lief, um einige Besorgungen zu machen, erschrak ich zu Tode:

War da nicht eben ein Auto vorbeigefahren, in dem auf dem Beifahrersitz Hassan gesessen hatte?

War es ihm inzwischen erlaubt, Berlin verlassen?

Suchte er mich und Amal?

Wie hatte er unsere Adresse ausfindig machen können?

Was, wenn er mich, wenn er uns findet?

Verstört lief ich nach Hause, um es ja nicht zu verpassen, falls Hassan wirklich an meiner Haustür klingeln sollte.

Aber das zum Teil Gefürchtete und zum Teil Erwünschte geschah nicht, an diesem Tag nicht und auch nicht an den folgenden.

Doch meine Irritation wollte nicht verschwinden, im Gegenteil:

Jetzt tauchte er wieder vor meinem inneren Auge auf, mein wunderbarer Geliebter, den ich nicht wirklich vergessen, sondern nur in einen geheimen Winkel meines Herzens verbannt hatte.

Wie vor versunkener Zeit lachte er mich mit funkelnden Augen an, dann nahm er mich in seine Arme, küsste mich und begann leise die schwermütige Weise zu summen, die all unsere früheren Begegnungen begleitet hatte:

„Mein Liebling kam wie ein Vogel aus dem Himmel zu mir, und wie ein Vogel flog er wieder davon".

Langsam drehten wir uns auf der Stelle, eng umschlungen und überzeugt davon, dass uns nun nichts und niemand mehr trennen könnte.

Doch ach, sobald diese wunderbare Vision wieder verblasst war, brach mir einmal mehr das Herz.

Nach einigen Tagen beschloss ich, selbst nach Hassan zu suchen.

Ich wollte, ich musste die Liebe meines Lebens einfach noch einmal sehen. Ich musste wissen, wie es meinem Habibi inzwischen ergangen war.

Und natürlich wollte ich an erster Stelle wissen, ob er mich vergessen hatte oder wie ich immer noch die Erinnerung an eine Liebe im Herzen trug, die uns beiden einmalig, ja heilig erschienen war.

Es waren zwei Königskinder ...

Aber es war auch ein König in Thule ...

Inzwischen war es schon öfter vorgekommen, dass der jetzt sechzehnjährige Amal nach seinem Vater gefragt hatte und ich ihm nur Vages mitteilen konnte, dass ich Hassan nach unserer Trennung nie mehr wiedergesehen hatte und auch nicht wusste, wo und in welchen Verhältnissen er heute lebte.

Vielleicht war jetzt der richtige Zeitpunkt gekommen, um aktiv dafür zu sorgen, dass Amal seinen Vater kennenlernen konnte?

Nachdem ich in einem alten Tagebuch Hassans frühere Adresse wiedergefunden hatte, verfasste ich also einige Zeilen, in denen ich mitteilte, dass Amal sich nun sehr stark dafür interessiere, wer sein Vater sei.

Daher würde ich mit diesem Brief versuchen, einen Kontakt zu Hassan herzustellen und bei gegenseitigem Interesse damit Vater und Sohn die Gelegenheit zu verschaffen, sich persönlich kennenzulernen.

Ich stellte noch klar, dass ich in der Lage sei, unseren Jungen mit meinen eigenen Möglichkeiten zu finanzieren und es mir daher keinesfalls um irgendwelche Gelder gehe.

Mit vielen Grüßen und guten Wünschen für Hassans Leben, wo immer es auch stattfinde, verabschiedete ich mich.

LAILA lächelte.

Ich aber dämpfte ihre freudige Erwartung mit dem Hinweis, dass es ja gar nicht sicher sei, ob der Brief Hassan wirklich erreichen würde.

Und selbst, wenn dies geschehe, sei ja nicht vorauszusehen, wie Amals Vater reagieren würde.

Es kam mir wie ein Wunder vor, als nach einer knappen Woche ein Brief aus Berlin bei uns eintraf.

Auf einen Blick erkannte ich Hassans Schrift, mit der er wie früher etwas ungelenk meine Adresse mitten auf dem Kuvert platziert hatte. Zitternd vor Aufregung las ich, was meine Liebe mir mitzuteilen hatte:

Er habe sich sehr gefreut, von mir und Amal zu hören.

Einer seiner Brüder, der inzwischen ebenfalls aus dem Libanon geflüchtet sei und jetzt in seinem früheren Zimmer wohne, habe meinen Brief in seinem Briefkasten gefunden und persönlich zu ihm gebracht.

Es sei eine Riesenüberraschung für ihn gewesen und sehr wichtig zu lesen, dass es Amal und mir gut gehe.

Was sein eigenes Leben betreffe, so sei er seit zehn Jahren mit Aylin, einer Palästinenserin verheiratet. Sie hätten inzwischen vier Kinder bekommen, zuerst Zwillinge, wobei einer der beiden neunjährigen Jungen einen Geburtsschaden erlitten habe und halbseitig gelähmt sei.

Ihrer jetzt siebenjährigen Tochter gehe es gut, sie besuche bereits die Schule.

Vor wenigen Wochen habe Allah der Familie nochmals einen Jungen geschenkt. Auch dieses Kind sei zu ihrer großen Freude gesund zur Welt gekommen und entwickle sich bis jetzt gut.

Er habe seiner Frau meinen Brief gezeigt, und diese habe verstanden, dass er sich darüber freue, Amal und mich wiedergefunden zu haben, und dass er uns gerne einmal wiedersehen wolle.

Daher teile er uns seine Telefonnummer mit, falls wir irgendwann einen konkreten Kontakt wünschen würden. So könne man sich am besten und schnellsten verständigen.

Allerdings habe er Aylin versprechen müssen, die Beziehung zu mir auf einer rein freundschaftlichen Ebene zu belassen, auch dann, wenn es in Zukunft zwischen ihm und unserem Sohn Amal zu häufigeren Begegnungen käme. Dagegen habe seine Frau im Übrigen nichts einzuwenden, im Gegenteil freue sie sich, wenn sie den erstgeborenen Sohn ihres Mannes ebenfalls kennenlernen dürfe.

Ein Gruß in ihrer persönlichen Unterschrift war hinzugefügt.

Wortlos zeigte ich Amal den Brief.

Da der Junge vom Interesse seines Vaters an seinem verlorenen Sohn sichtlich angetan war, schlug ich vor, in nicht allzu ferner Zeit gemeinsam nach Berlin zu reisen und dort Hassan zu treffen, zunächst ohne seine große Familie, sodass wir uns nicht sofort auf mehrere fremde Menschen konzentrieren mussten.

Dass ich selbst von Hassans Mitteilungen in höchstem Maße schockiert war, verschwieg ich.

Aber es musste eine ganze Woche vergehen, bis ich mich langsam aus der Starre lösen konnte, die mich davor geschützt hatte, den Schmerz über meine zerstörten Hoffnungen und heimlichen Wünsche nicht in voller Wucht wahrnehmen zu müssen.

Das Wiedersehen zwei Monate später erschütterte, ja schockierte mich erneut zutiefst.

Der Mann, der uns am Bahnhof abholte, war nicht mein Hassan, wie ich ihn gekannt und geliebt hatte. Wer uns da freundlich begrüßte, war ein Fremder, ein etwas korpulenter, müde wirkender Mensch orientalischer Herkunft, der diese mithilfe angepasster Kleidung und Frisur anscheinend zu verbergen suchte.

Keine wilden Locken mehr, kein Palästinensertuch, kein orientalisches Flair, kein stürmischer Verführer, nirgendwo mehr mein Habibi ...

Nur seine Augen waren noch da, unverändert dunkel und tiefgründig.

Mit einem kurzen Aufblitzen verrieten sie für die Dauer einer schnellen Sekunde, „dass da mal was war zwischen uns", was wir wohl beide nie vergessen können, ganz gleich, was das Leben uns ansonsten beschert hatte und noch bescheren würde.

Wie es weiterging, an diesem Nachmittag und in den darauf folgenden Tagen, erinnere ich nicht mehr.

Der sofort einsetzende Kummer über die Unwiederbringlichkeit unserer heftigen Romanze, unserer einzigartigen Amour Fou überfiel mich so heftig, dass ich wieder, wie ein Insekt in Todesangst in jene Starre fiel, die einen davor schützt, auch nur das geringste Gefühl wahrzunehmen.

Ich muss, wie eine Marionette einfach funktioniert haben, doch auf welche Weise dies geschah, habe ich verdrängt und vergessen.

Noch nicht einmal daran, wie genau die erste Begegnung zwischen Amal und seinem Vater ausfiel, erinnere ich mich.

Nach vielen Jahren traf ich Hassan noch einmal.

Damals, ich lebte schon in Berlin, feierte ich meinen sechzigsten Geburtstag im Kreise meiner großen Familie, zu der ich die Eltern meiner Kinder und Schwiegerkinder zählte, also auch Hassan mit seiner Frau.

Ich sah Aylin an diesem Tag zum ersten Mal, eine kleine etwas schüchterne Frau, die nach orientalischer Art in ein Kopftuch gehüllt war.

Es versteht sich von selbst, dass ich mich ihr gegenüber besonders freundlich verhielt und vollkommen darauf verzichtete, mir eine besondere Nähe zu Hassan anmerken zu lassen.

Dies fiel mir nicht besonders schwer, da ich mich inzwischen damit abgefunden hatte, dass es „meinen Hassan" nicht mehr gab.

In meinen Gedanken war er einen plötzlichen Unfalltod gestorben und für mich in diesem Leben unwiederbringlich verloren. Seine Grabstätte hatte ich in den Libanon verlegt, in das Tal zwischen den Bergen des Chouf, neben die Mosaik-Lady aus Keramik und Glas. Dort lag mein Geliebter allerdings nicht zwischen Gras und Stein, sondern unter Oleander und Gardenien, heiß geliebt und heftig betrauert.

In Gedanken besuchte ich ihn oft, erinnerte ihn an unsere wilde Liebe und erzählte ihm von meiner Sehnsucht, die nicht zu stillen war und einem Verlangen, das nur ihm galt und keinem anderen Mann, auch wenn ich bereits in vielen Armen gelegen hatte und noch liegen sollte.

Der lebende Mann aus dem Nahen Osten, der meinen Hassan an meinem Geburtstag vertrat und eine zierliche Person am Arm führte, war mir dagegen nicht wichtig. Ich hatte ihn nur deshalb eingeladen, weil Amal, der seit zwei Jahren in Berlin studierte, inzwischen mit seinem Vater und dessen Familie viel Zeit verbrachte.

Von einiger Bedeutung war lediglich, dass der freundliche Hassan-Ersatz gemeinsam mit Aylin zum internationalen Flair meines Gästekreises beitrug, genauso wie Jonathans amerikanische Freundin Amy, Amals russische Frau Anastasia und Gregors Frau aus Kolumbien.

Wir alle akzeptierten uns gegenseitig, tranken gemeinsam Kaffee im Haus der Kulturen der Welt, machten auf der Spree eine Rundfahrt und feierten den Abschluss eines gelungenen Tages in einem orientalischen Restaurant.

Alles verlief harmonisch und ich bin für diesen besonderen Tag sehr dankbar.

Hassan und Aylin traf ich danach nicht mehr, obwohl wir in derselben Stadt lebten.

Ein Liebhaber aus Eritrea

Wenige Wochen nach dem deprimierenden Wiedersehen mit Hassan sah ich erneut jenen Mann im Auto an mir vorbeifahren, den ich vor meiner Suche nach Hassan für diesen gehalten hatte. Wieder entdeckte ich eine täuschende Ähnlichkeit zwischen diesem Fremden und meinem früheren Hassan, wusste jetzt aber, dass dieser Mann im Auto nicht mein verlorener Habibi sein konnte. Verwirrt dachte ich darüber nach, was ich von dieser Erscheinung im Auto zu halten hatte.

Litt ich jetzt unter Halluzinationen?

Wollte oder konnte ich nicht akzeptieren, dass meine wilde Liebe unwiederbringlich verloren war?

Die Angelegenheit klärte sich unversehens auf, als ich eines Abends eine politische Veranstaltung besuchte und im Publikum jenen Mann entdeckte, den ich fälschlicherweise zweimal für meinen Hassan gehalten hatte.

Instinktiv spürte ich, dass sich eine Chance aufgetan hatte, die ich ergreifen musste, wenn das Leben weitergehen sollte.

Ohnehin wurden wir Zuhörer des Vortrags über die „Probleme der Lehrer in Südamerika" aufgefordert, uns in der Pause mit den peruanischen Gästen zu befassen, die zusammen mit dem Vortragenden gerade Europa bereisen und sich über Kontakte freuen würden.

So nahm ich meinen Mut zusammen, trat in der Pause auf Hassans Doppelgänger zu und sprach ihn auf Spanisch an.

Zu meiner Überraschung antwortete der Mann auf Deutsch.

Er klärte mich darüber auf, dass er genau wie ich ein Zuhörer aus dem heimischen Publikum sei und sich für das Thema der Veranstaltung interessiere, weil er ebenfalls von Beruf Lehrer sei, allerdings einer, der bis zu seiner Flucht nach Deutschland in seiner Heimat Eritrea unterrichtet habe.

Sofort wirbelten meine Gedanken durcheinander:

Eritrea, wo lag das gleich?

Es wäre sicher interessant, Näheres über ein Land zu erfahren, dessen Name ich zu meiner Schande noch nicht oft gehört hatte.

Da auch mein Gesprächspartner ein lebhaftes Interesse an der Möglichkeit zeigte, mir einmal in aller Ruhe Näheres über seine Heimat mitzuteilen, verabredeten Tasfei und ich uns zu einem Kaffeetrinken bei mir zu Hause.

Das Treffen wurde zum Beginn einer Freundschaft, die fünf Jahre dauerte und zu den positiven Ereignissen in meinem Leben gehört.

Sowohl SOFIA als auch CARMEN, LAILA und ROMA verlebendigten sich und zeigten sich mit der eingetretenen Situation zufrieden, manchmal sogar glücklich.

Bereits nach der dritten Verabredung wurden Tasfei und ich ein Paar.

Von Anfang an faszinierte mich die Tatsache, dass mein neuer Liebhaber unglaublich spannend erzählen konnte.

Während jeder unserer Begegnungen, die regelmäßig zweimal in der Woche stattfanden, entführte er mich mit seinen fesselnden Berichten in sein afrikanisches Land, in dem er bis zu seinem vierzigsten Jahr gelebt, geliebt und unterrichtet hatte.

Aus heutiger Sicht würde ich unsere Verabredungen mit therapeutischen Sitzungen vergleichen, die uns beiden gleich wichtig waren und in gleichem Maße guttaten.

Tasfei war froh über die Möglichkeit, einer interessiert und aufmerksam zuhörenden Person gegenüber Mitteilungen über seine Vergangenheit machen zu dürfen.

Und ich war froh, einmal mehr über die Begegnung mit einem interessanten Menschen den Verlust meiner großen Liebe etwas kompensieren zu dürfen, wenn auch von einem vollwertigen Ersatz des Verlorenen nicht die Rede sein konnte.

Um große Gefühle ging es bei Tasfei und mir nicht.

Unsere Umarmungen waren absolut Nebensache, was zählte, waren unsere Unterhaltungen.

Tasfei berichtete zu Beginn unserer Freundschaft viel über den Krieg zwischen Eritrea und Äthiopien, vor dem er geflohen war, und der auch damals noch tobte.

UmTasfei bei diesem Thema besser folgen zu können, bat ich meinen Freund mich zunächst in den politischen Hintergrund dieser jahrzehntelangen Auseinandersetzung einzuführen.

Damit ich mir alles, was er mir in Worten erklärte, auch konkret vorstellen konnte, zeichnete er für mich die Umrisse seines Landes auf, fügte die Hauptstadt Asmara ein, schraffierte das Hochland, sodass ich es vom Tiefland unterscheiden konnte und fügte in das geografische Gebilde die Hauptflüsse ein.

Klar, dass mich auch die Flora und Fauna interessierte, die zu Tasfeis Zeiten in den unterschiedlichen Landschaften Eritreas vorherrschte. Weil mein Freund nicht alle Namen der dort anzutreffenden Tiere und Pflanzen auf Deutsch kannte, skizzierte er kurzerhand, woran er sich erinnerte. Beii diesen Gelegenheiten entdeckte ich, dass Tasfei ganz wunderbar zeichnen konnte.

Auch ein weiteres Talent führte er mir vor, wenn wir uns müde geredet hatten.

Dann holte er seine E-Gitarre hervor, auf der er sich autodidaktisch Lieder aus seiner Heimat beigebracht hatte, sang diese voller Inbrunst und begleitete sich mit hoch aufheulenden Tönen.

Es war nicht meine Musik, dafür war sie viel zu laut.

Dennoch bewunderte ich Tasfei für sein Können und bat ihn, mir die Texte seiner Lieder zu übersetzen. Sie handelten durchweg von der Schönheit Eritreas und der Tapferkeit seiner Krieger.

Durch die mich stets anregenden und inspirierenden Informationen, mit denen Tasfei mich versah, erfuhr ich nicht nur viel über sein Leben, sondern auch über die allgemeinen Sitten und Gebräuche der Menschen in dem kleinen Land am Horn von Afrika.

Das Gehörte fand ich derart interessant, dass ich Tasfei um die Erlaubnis bat, seine Mitteilungen schriftlich festhalten zu dürfen mit dem Ziel, die Notizen zu einem Buchmanuskript zusammenzustellen.

Warum sollte man nicht auch andere Menschen teilhaben lassen an Informationen über ein faszinierendes Land, das zu dieser Zeit noch so gut wie unbekannt war?

Meine Idee gefiel Tasfei, ja begeisterte ihn, sodass ich bereits nach einigen Monaten einen Schatz an Zetteln besaß, auf die spannende Details aus Tasfeis Leben und über das Land Eritrea notiert waren.

Mit ihnen flog ich für die Dauer einer Woche nach Mallorca, um ungestört meinem Vorhaben nachgehen zu können.

In Cala Radiata saß ich dann von morgens bis abends im Garten meines Hotels und ordnete unter Palmen und duftenden Blüten meine zahlreichen Aufzeichnungen einzelnen Themengebieten zu.

Dabei ergab sich aus den mir mitgeteilten Informationsbruchstücken der Lebenslauf meines Freundes als roter Faden, an dem sich alles Mitteilenswerte entlangziehen sollte.

Als ich wieder zurückflog, hatte ich als Konzept folgende Gliederung meines Stoffes in der Tasche:

In einem ersten Kapitel sollte es um die Beschreibung des kleinen Dorfes gehen, in dem Tasfei geboren und aufgewachsen war.

Hierzu wollte ich in einzelnen Abschnitten die Lage des Ortes im Hochland sowie die Beschaffenheit der Behausungen und deren spezielle Bauweise aus Lehm, Dung und Holzstämmen skizzieren. Auch war mir das Herstellen der täglichen Gebrauchsgegenstände wie Töpfe, Teller und Krüge aus Ton und das Weben von Stoffen aus Palmfasern für die traditionellen Gewänder der Bewohner eine Erwähnung wert. Zusätzlich wollte ich die üblichen Mahlzeiten und deren Zubereitungsart über einer offenen Feuerstelle beschreiben. Wichtig sollte auch die Herstellung des von Tasfei hochgelobten Palmweins sein.

Ein zweites Kapitel sollte sich dem Zusammenleben der Menschen in dem afrikanischen Dorf widmen.

Hier wollte ich zunächst ganz allgemein auf das Familienleben eingehen, in dem die Frauen zu Tasfeis Zeiten noch wenig zu sagen hatten, in der Regel jedes Jahr ein Kind zur Welt brachten und neben ihren Tätigkeiten im Haushalt nicht selten auch noch auf den Feldern mitarbeiten mussten.

Daneben wollte ich darüber informieren, dass die Familienväter fast alle Bauern waren, die sich damit abzumühen hatten, unter Einsatz eines Ochsen und primitiver Pflüge den kargen Böden ihrer Felder Gras, Getreide und Erdfrüchte abzugewinnen. Nicht verschweigen wollte ich darüber hinaus, dass die Männer ihren Frust nicht selten an ihren Familienmitgliedern ausließen, sobald diese auch nur den geringsten Anlass zur Klage boten.

Den Schwerpunkt dieses Kapitels sollten Bemerkungen zum Heranwachsen der Kinder und Jugendlichen im ehemaligen Eritrea bilden. Diese waren – gemessen an unseren Gepflogenheiten – weitgehend sich selbst überlassen und organisierten sich mehr oder weniger notgedrungen in Banden. Sie erfanden ihre Freizeitbeschäftigungen selbst und scheuten vor kleinen Überfällen auf fremde Felder und deren Früchte nicht zurück, wenn sonst keine Möglichkeit in Sicht war, ihren Hunger zu stillen. Wenn sie dafür eine Bestrafung hinnehmen mussten, die zu Tasfeis Jugendzeit noch drakonisch ausfiel, nahmen sie die Prügel stoisch hin. Niemals verrieten sie die Namen ihrer Kameraden oder Kameradinnen, die ebenfalls an der verbotenen Unternehmung beteiligt waren.

Besonders ausführlich wollte ich auf einen Vorfall eingehen, bei dem ein Junge in einem See ertrank, weil er sich bei einer Mutprobe zu weit in das Wasser hineingewagt hatte, als Nichtschwimmer von einem unterirdischen Strudel mitgerissen wurde und von niemandem gerettet werden konnte.

Als mitteilenswert stufte ich auch die Hochzeitszeremonien ein, die Tasfei mir auf mein Drängen hin in allen Einzelheiten beschrieben hatte.

Diese wurden vom Einzug der Braut in das Haus ihres Bräutigams auf dem Rücken eines Esels bis zu ihrem Raub spät in der Nacht durch Freunde ihres zukünftigen Mannes in festen Ritualen und stets im Beisein des gesamten Dorfes begangen.

Das dritte Kapitel wollte ich der allmählichen Erweiterung des Horizontes meines Freundes widmen.

Dieser begann in der Schule, in welcher den Dorfkindern nicht nur Lesen und Schreiben, sondern auch Grundkenntnisse in Hygiene und Ernährungslehre vermittelt wurden. Gegen Ende der Grundschulzeit hatte Tasfeis Mutter ihren Sohn mehrere Male zu ihren Verwandtenbesuchen in der großen Stadt Asmara mitgenommen. In diesem Zusammenhang wäre der Schock zu beschreiben, den Tasfei erlitt, als er zum ersten Mal die prächtigen Gebäude erblickte, die während der italienischen Kolonialzeit entstanden waren, sowie all die schönen und gut gekleideten Menschen, die breiten Straßen voller blitzender Autos, die Luxusartikel in den Schaufenstern.

Nach Tasfeis Worten geriet seine Welt gewaltig ins Wanken, nachdem er zum ersten Mal den Unterschied zwischen arm und reich, fortschrittlich und rückständig mit eigenen Augen gesehen hatte.

Folgendes wäre näher zu erläutern:

Obwohl seine Mutter mit den Ausflügen nah Asmara versucht hatte, ihren Sohn auf das vorzubereiten, was wegen der dringenden Empfehlung des Grundschullehrers auf ihn wartete, nämlich der Schulwechsel auf ein Gymnasium in der Hauptstadt, hatte sie nicht zu verhindern vermocht, dass Tasfei als Jugendlicher mit seinem Leben in einer ihm fremden Umgebung nur schlecht zurechtkam.

Folgende Hauptgründe waren anzuführen:

Tasfei wurde bei Verwandten untergebracht, die ihn spüren ließen, dass er ein unwillkommener zusätzlicher Esser war.

Unter seinen Mitschülern und Mitschülerinnen fühlte er sich als „Junge vom Dorf" unbeholfen.

Bei keinem der Mädchen, die ihm gefielen, konnte er eine positive Resonanz finden. Und nicht zuletzt musste er jetzt einen Religionsunterricht besuchen, der ihn zum muslimischen Glauben bekehren sollte.

Unentschlossen war ich noch, ob ich in unserem geplanten Buch auch die Streiche aufnehmen solle, mit denen Tasfei gegen alles rebellierte, was er in jener Zeit als unerträgliche Zumutung empfand.

Sicher ist jedoch, dass ich auf seine entbehrungsreichen Jahre als junger Lehrer in einem weitgehend unentschlossenen Gebiet Eritreas eingehen werde, die mit der ersten Zeit als Ehemann und verantwortungsvoller Familienvater einhergingen.

Mit dem Konzept eines vierten Kapitels hatte ich noch Schwierigkeiten.

Tasfei hatte mir viel über den Krieg als das sein ganzes Leben überschattende Ereignis mitgeteilt, in welchem er als leidenschaftlicher und von der ideologischen Propaganda seiner Partei überzeugter Kämpfer teilgenommen hatte.

Ich aber sehe mich als wie es heute heißt „dogmatische Pazifistin" und lehne eigentlich jede Form eines bewaffneten Kampfes ab, will davon auch nichts wissen und nichts hören.

Gleichzeitig spürte ich damals, wie sehr es Tasfei, der als Kriegsversehrter nach Deutschland geflüchtet war, half, wenn ich seine diesbezüglichen Mitteilungen nicht nur geduldig anhörte, sondern auch an den sie begleitenden Gefühlen teilnahm.

In diesem moralischen Zwiespalt gefangen war ich mir auch keinesfalls im Klaren darüber, welche der mir anvertrauten grausamen Geschehnisse ich in unser Buch aufnehmen würde, falls ich mich dazu entschließen würde, das Thema Krieg nicht auszuklammern.

Vielleicht, so überlegte ich noch, könnte es ein sinnvoller Kompromiss sein, mich darauf zu beschränken, zwei der lyrischen Texte Tasfeis zu zitieren, in denen er einmal die Schönheit seiner Heimat und einmal die Tapferkeit seiner Kameraden und Kameradinnen besingt, die für die Unabhängigkeit Eritreas ihr Leben geopfert hatten.

Da ich nach der intensiven Beschäftigung mit meinem Stoff bereits viele Ausformulierungen im Kopf hatte, fiel es mir sehr leicht, gleich nach der Rückkehr aus Mallorca das gesamte Manuskript zu verfassen. Wenn ich mich recht erinnere, konnte ich dazu die Zeit der großen Ferien verwenden, die Jonathan bei seinem Vater verbrachte und in denen Amal ein Ferienlager in Frankreich besuchte. Rebecca, die sich sonst in allen Ferien zumindest eine gewisse Zeit lang bei mir aufhielt, absolvierte gerade einen Auslandsaufenthalt für ihr Studium.

Zu unserem Glück etablierte sich in unserer Stadt ein neuer Verlag, der noch um die Zusendung von unveröffentlichten Manuskripten warb. Wir schickten unseren Text hin und der Verleger war sofort von ihm begeistert und druckte unser Werk.

Sobald wir unser Buch in Händen hielten, in welches auch mehrere Zeichnungen von Tasfei aufgenommen worden waren, hatten wir die Idee, unser gemeinsames Werk auf selbstinszenierten Veranstaltungen vorzustellen und auch zu verkaufen.

Es war die Zeit der alternativen Events, die damals wie Blüten aus allen Ecken und Enden hervorschossen.

Unter dieser Vorgabe war es nicht besonders schwierig, unser Vorhaben zu verwirklichen.

Wir hatten Erfolg, da sich neben unseren Bekannten auch Tasfeis Landsleute, die inzwischen sehr zahlreich in unserer Stadt aufgetaucht waren, für unser Werk interessierten.

Den Erlös unserer Abende, an denen ich aus dem Buch vorlas und mein Gefährte auf seiner E-Gitarre einige seiner Lieder vortrug, schickten wir zu Tasfeis Familie nach Eritrea, die sehr dankbar reagierte.

In der Hauptsache gab es zwei Gründe, warum die Beziehung zwischen Tasfei und mir sich auflöste wie ein Stück Würfelzucker in einem Glas Wasser:

Zum einen wurde Tasfei von seinen Landsleuten, die über unsere Aktivitäten auf ihn aufmerksam geworden waren, immer mehr beansprucht. Sie brauchten ihn als Dolmetscher auf den Ämtern und bei den Ärzten, sie luden ihn zu ihren Hochzeiten und den Taufen ihrer Kinder als stimmungsmachenden Musiker ein, sie schütteten ihr Herz bei ihm aus, wenn sie aus irgendeinem Grund in der neuen Heimat nicht zurechtkamen und baten ihn um Rat und Hilfe.

Überdies hatte Tasfei eine Arbeit angenommen, die ihn zwang, jeden Morgen um sechs Uhr aktiv zu werden, was ihm, einem ausgesprochenen Abendmenschen, sehr schwerfiel.

Von da an war er immer müde, wenn wir uns trafen.

So kam es immer öfter vor, dass er ein Rendezvous unter dem Vorwand absagte, dass etwas Wichtiges zu erledigen sei. In Wahrheit hatte sich zwischen uns die Langeweile eingeschlichen und immer mehr ausgebreitet. Im Grunde hatten wir einander nicht mehr viel zu sagen, es stand ja alles in unserem Buch, was mich an Tasfei interessiert hatte.

Was ich selbst schon erlebt hatte, was ich über die Dinge, die nichts mit Eritrea zu tun haben, dachte und welche weiteren Wünsche und Pläne für die Zukunft ich hatte, wollte mein Freund nicht wissen, er hatte bereits zuvor davon nichts hören wollen.

So trafen wir uns immer seltener, wobei wir beide diesen Verlauf der Dinge ohne gegenseitige Schuldzuweisungen akzeptierten.

Doch obwohl wir einander schließlich als Paar verloren, blieben wir Freunde.

Wenn wir uns zufällig begegneten, begrüßten wir einander lliebevoll und teilten uns die jeweiligen Neuigkeiten mit.

Auch als ich längst nicht mehr in unserer Stadt wohnte, sie aber wieder einmal besuchte, meldete ich mich jedes Mal im Voraus bei Tasfei an, damit wir uns auf einen Kaffee treffen konnten.

Beide freuten wir uns dann von Herzen über unser Wiedersehen, schwelgten für kurze Zeit in gemeinsamen Erinnerungen und wussten dabei gleichzeitig auch, dass von regelmäßigen Begegnungen nie mehr die Rede sein konnte.

Unsere Zeit war vorbei, wir behielten sie in guter Erinnerung und blieben einander zugetan, sogar dann noch, nachdem ich ein viertes Mal geheiratet hatte.

Als ich Tasfei zum letzten Mal getroffen habe, hatte er sein achtzigstes Lebensjahr bereits überschritten.

Er strahlte nun die Weisheit und Würde eines alten Mannes afrikanischer Herkunft aus, der in seinem Leben viel gesehen und erlebt hat und durch nichts wirklich zu erschüttern war. Dass ich für einige Jahre die Gefährtin und Vertraute dieses Mannes sein durfte, erfüllt mich bis heute mit Stolz und Dankbarkeit, auch wenn wir zu keiner Zeit ein leidenschaftliches Liebespaar waren.

Eine einzige Katastrophe

Meine vierte Ehe war eine einzige Katastrophe, an die ich mich eigentlich gar nicht erinnern möchte.

Daher nur so viel:

Meinen vierten Ehemann, einen Ägypter, lernte ich über eine Annonce in einer renommierten Wochenzeitung kennen. Der Anzeigentext suggerierte, dass der Interessent sowohl über Feingefühl als auch über die Fähigkeit zur Empathie verfügen würde. Das zog mich an, litt ich inzwischen doch seit längerer Zeit unter der fehlenden Möglichkeit, mich mit einem vertrauten Menschen auszutauschen.

Später erfuhr ich, dass die Annonce von einer Frau formuliert worden war, die mit dem Inserenten unter einer Decke steckte.

In Wirklichkeit suchte dieser nichts anderes als die Möglichkeit, über eine Heirat einerseits zu Geld und andererseits zur Verlängerung seines Aufenthaltsrechtes zu kommen, allerdings ohne sich zu seiner tatsächlichen Absicht zu bekennen.

Stattdessen heuchelte er von der ersten Begegnung an ein Interesse an meiner Person, das zu keiner Minute bestand.

Als ich hinter seinen falschen Liebesbeteuerungen endlich seine wahre Absicht erkannte, war ich bereits mit einem Betrüger verheiratet, dem ich hier noch nicht einmal einen Namen geben möchte.

Der Ausstieg aus meiner misslichen Lage war schwierig, nicht zuletzt, weil die Aura der orientalischen Lebensweise, die den Mann aus Kairo trotz seiner charakterlichen Schäbigkeit umgab, mich einmal mehr an meine Affäre mit Hassan erinnerte und eine Sehnsucht weckte, die doch nicht zu stillen war.

Vermutlich brauchte ich, um der ernüchternden Wahrheit ins Auge schauen zu können, die schmerzhaften und demütigenden Erfahrungen, die ich während dieser letzten Ehe machen musste.

Zu meinem Glück fand ich schließlich in einer Rechtsanwältin die Unterstützung, die ich brauchte, um gegen den erklärten Widerstand des Mannes, auf dessen Lügen und Täuschungsversuche ich hereingefallen war, die Scheidung durchzusetzen.

Bis heute sah und hörte ich danach nichts mehr von dieser Person.

Vom Heiraten hatte ich allerdings endlich ein für alle Mal genug.

Kleine Bohème

In Berlin lernte ich die Vorteile des Allein-Lebens und Allein Reisens kennen und schätzen.

Nun konnte ich jeden Tag ganz nach meinen Wünschen verbringen und musste von meinem Unterricht einmal abgesehen auf niemanden mehr Rücksicht nehmen.

Das gefiel mir sehr.

Wie in Stuttgart hatte ich auch in Berlin sehr schnell so viele Schüler, wie ich haben wollte.

Dass ich „ins Haus" kam, war dabei von unschätzbarem Wert, weil die Stadt groß ist, die Wege lang und die Eltern froh sind, wenn sie sich eine zusätzliche Fahrt zu einer nachmittäglichen Aktivität ihres Kindes ersparen können.

Daher hatte ich bereits nach kurzer Zeit für jeden Wochentag eine Familie gefunden, in der meist mehrere Personen von mir unterrichtet werden wollten.

Alle beruflichen Verhältnisse blieben mir über einen Zeitraum von fünf Jahren bis zu meinem Rückzug aus meiner Unterrichtstätigkeit erhalten, entwickelten sich allmählich zu Freundschaften und gaben mir dabei das Gefühl, auch nach vielen Rückschlägen noch für etwas nützlich zu sein.

In den ersten beiden Jahren meiner Berliner Zeit ergab sich zu meinem großen Glück die Situation, dass meine inzwischen erwachsenen Kinder ebenfalls in Berlin lebten, allerdings jeweils mit ganz eigenen Interessen und in einem eigenen Umfeld.

Rebecca war bereits berufstätig und wohnte zusammen mit ihrem damaligen Partner am Prenzlauer Berg. Jonathan begleitete eine Stelle als Assistenzarzt an einer Klinik. In seinen zwei Berliner Jahren stellte er mir mehrere Freundinnen vor, da er als geborener „Sonny Boy" damals noch Schwierigkeiten hatte, sich auf eine bestimmte Person festzulegen.

Besonders gerne erinnere ich mich an eine Engländerin, mit der ich mich auf Anhieb gut verstand, aber fast genauso gern an eine Bürgermeistertochter aus einer norddeutschen Kleinstadt. Amal hatte gerade sein Studium an der Technischen Universität begonnen. In seinem Studentenheim lernte er dann Anastasia, die spätere Mutter seiner beiden Kinder kennen und bezog bald mit ihr eine kleine Wohnung am Prager Platz.

Ich selbst wohnte zuerst in Schönefeld, zog aber bald nach Reinickendorf.

Wir alle trafen uns regelmäßig samstags zu einem gemeinsamen Ausgehabend, wobei ich freundlicherweise von allen Beteiligten miteingeladen wurde.

Mit Begeisterung besuchten wir dann jeweils eines der kleinen exotischen Restaurants, die damals an allen Ecken und Enden aus dem Boden schossen und in ihrer Bewährungsphase ihre Mahlzeiten noch sehr preiswert anboten.

Neugierig probierten wir thailändische und indische, chinesische, mongolische, russische, arabische, israelische und türkische Spezialitäten, und jeder von uns, der in dieser Hinsicht etwas Neues entdeckte, teilte es den anderen mit, damit wir uns alle beim nächsten Treffen an der neuen Adresse einfinden konnten.

Ohne Zweifel durfte ich damals etwas von der unbeschwerten Lebensfreude nachholen, die mir in meinen Jahren als junge Erwachsene nicht vergönnt war, und dies tat mir so gut, dass ich mich bald um zehn Jahre verjüngt fühlte.

Zu dieser Zeit herrschte eine einzigartige Atmosphäre in der Stadt. Die Menschen zogen in fröhlichen Gruppen durch die Straßen, überall wurde laut und viel gelacht.

Das Miteinander von gut gelaunten Menschen aus aller Welt ließ die Hoffnung aufkeimen, dass sich in unserer neuen Hauptstadt allmählich eine kosmopolitische Denk- und Lebensform durchsetzen könnte.

Aber auch in anderer Hinsicht erlebten wir eine Zeit des Umbruchs und der tausend ungeahnten Möglichkeiten.

Unser damaliger Regierungschef war viermal, unser Außenminister fünfmal verheiratet.

Der regierende Bürgermeister von Berlin bekannte sich öffentlich zu seiner Homosexualität, und das war auch gut so.

Keine Verhaltensweise schien so festgezurrt vorgegeben, dass man die Schnur, die alles zusammenhielt, nicht hätte etwas lockern können.

Alles schien möglich.

Jedenfalls sind mir rückblickend die beiden ersten Jahre meines Berlinaufenthaltes als unbeschwert und zugleich in hohem Maße auf- und anregend in Erinnerung geblieben.

Da ich nur an Nachmittagen unterrichtete und allein lebend alle sonstigen Zeiten zur freien Verfügung hatte, konnte ich die Vormittage wie auch die Sonntage dazu nutzen, Neues auszukundschaften und auszuprobieren.

In erster Linie verwendete ich meine Zeit darauf, Berlin gründlich kennenzulernen.

Dabei spürte ich immer mehr Zugehörigkeit:

Auferstanden aus Ruinen hat sich die Stadt nach dem Zweiten Weltkrieg zu einem Zentrum von Wissenschaft und Kunst entwickelt, wobei die ästhetische Gestaltung all dessen, was als sehens- und erlebenswert gilt, in meinen Augen beeindruckende Ergebnisse hervorgebracht hat.

Diese galt es zunächst zu entdecken.

Zusätzlich verlockten Havel und Spree, der Tegeler- und der Wannsee zu Spaziergängen in erholsamer Umgebung.

Besonders interessant war es jedoch, die fortschreitenden Bemühungen um eine Integration der Stadtteile zu beobachten, die vor dem Mauerfall zur sogenannten DDR gehört hatten.

In diesem Punkt kam man aus dem Staunen gar nicht heraus.

Zu unserer Anfangszeit entstand der Potsdamer Platz, wurden nach und nach die Hackeschen Höfe restauriert und viele Gebäude in der Friedrichstraße saniert. Auch war die Umwandlung des Prenzlauer Bergs in eine noble Wohngegend bereits in vollem Gange. Zur Freude an all dem, was man sich je nach Lust und Laune einfach so anschauen konnte, kamen die überwältigenden Angebote an kulturellen Ereignissen wie Theater- und Konzertaufführungen, Kinovorführungen sowie die Besuche von Vernissagen und Museen.

Bei dieser Fülle musste man mit Bedacht auswählen, um in der Flut der vielen interessanten Events nicht unterzugehen. Mich verlockte besonders die Möglichkeit, an der Humboldt-Universität ein Seniorenstudium zu beginnen.

So belegte ich ein Seminar über afrikanische Literatur und eines über die Versorgung und Behandlung von Patienten im Paris des neunzehnten Jahrhunderts.

Beide Veranstaltungen begeisterten mich, sowohl von den vermittelten Inhalten her als auch vom altehrwürdigen Ambiente, in denen sie stattfanden.

Dennoch gab ich bereits nach dem ersten Semester mein Studium wieder auf.

Dazu zwang mich das zunehmende Unbehagen, das leider während der Teilnahme an den Seminaren nach und nach Besitz von mir ergriffen hatte:

Ich saß ja in den Hörsälen mit vorwiegend jungen Menschen zusammen, die zu meiner Verwunderung jedoch alle eine gewisse Teilnahmslosigkeit an den verhandelten Stoffen an den Tag legten. Kaum jemand war bereit, auf von den Dozenten gestellte Fragen zu antworten, kaum jemand las im Vorfeld der einzelnen Termine die uns aufgetragenen Kapitel in der zugrunde gelegten Lektüre.

Da ich es aber meinerseits als unergiebig und langweilig empfand, wie meine Kommilitonen und Kommilitoninnen die Veranstaltungen einfach nur abzusitzen, meldete ich mich, wenn ich eine Frage beantworten oder ein im Voraus gelesenes Kapitel unserer Lektüre zusammenfassen konnte.

Doch dabei fühlte ich mich nicht wohl, hatte ich mir doch dadurch auch vor mir selbst bald das Image einer Streberin eingehandelt. Um aus dieser mir verhassten Rolle wieder herauszufinden, gab ich das Studium mit Bedauern wieder auf. Da ich dennoch von den vielen Möglichkeiten zur intellektuellen Weiterentwicklung profitieren wollte, belegte ich anschließend an einer Sprachschule in der Nähe des Frankfurter Tors einen Russisch Kurs, den ich über mehrere Semester besuchte.

Auch wenn ich dabei diese schöne, aber auch schwierige Sprache nicht wirklich zu beherrschten lernte, brachte sie mich doch zumindest der Mentalität meiner russischen Schwiegertochter näher.

Außerdem vermittelte die Nähe der Prachtstraße der früheren Karl-Marx-Stadt ein Gefühl für die Herrschaft des kommunistischen Regimes, und auch dies war auf seine Weise interessant.

Nach zwei Jahren verließen meine beiden ältesten Kinder Berlin ungefähr gleichzeitig.

Amal blieb da, setzte seine Studien fort und festigte die Beziehung zu seiner russischen Gefährtin.

Auch zu Hassan und dessen neuer Familie hatte er einen regelmäßigen Kontakt aufgebaut.

In dieser Hinsicht hielt ich mich völlig zurück, denn ich wollte weder die neu entstandene Vater-Sohn-Beziehung noch Hassans Familienfrieden stören.

Sowieso hatte ich inzwischen begriffen, dass MEIN HASSAN nicht mehr existierte.

Zu diesem Zeitpunkt beschäftigte mich ein anderer Gedanke: Über meinen Studien der Schriften Carl Gustav Jungs war mir der Begriff einer „Transformation" begegnet.

Kurz zusammengefasst ist damit die Möglichkeit gemeint, Verluste, die man im konkreten Leben erlitten hat, auf eine geistigen Ebene zu transportieren, um dort das Verlorene in einer veränderten Gestalt wiederzufinden.

Ein empfehlenswerter Weg zu diesem Ziel sei es, so Carl Gustav Jung, eine Verluste Erfahrung in einzelne Elemente aufzuspalten und diese dann jeweils voneinander isoliert in anderen Situationen aufzuspüren, in denen sie aktuell immer noch existierten.

Es heißt weiterhin, dass man sich bei einem solchen Verfahren auf die Impulse einlassen solle, die aus dem eigenen Unbewussten von selbst aufsteigen würden, sobald man sich um eine Transformation bemühen würde.

Nach dem Wegzug meiner beiden älteren Kinder beschäftigte ich mich mit dieser schwierigen Materie etwas ausführlicher. Dabei fiel mir auf, dass ich ganz unbewusst bereits seit Längerem begonnen hatte, Anteile meiner Erfahrungen mit Hassan und seiner orientalischen Mentalität losgelöst von ihm an anderen Menschen und Orten zu suchen und aufzuspüren.

Was hätte mich denn sonst zu der Betreuung der ersten Flüchtlinge in meiner Stadt getrieben?

Es war doch vor allem der Wunsch gewesen, durch die Begegnung mit diesen Menschen den orientalischen Flair wiederzufinden, der mich an Hassan so sehr fasziniert hatte.

Und was hatte mich zu meinem Theaterstück inspiriert?

Es war nichts anderes als mein Verlangen gewesen, noch einmal die starken Gefühle zu spüren, die mich gegen alle Vernunft so heftig zu Hassan hingezogen hatten, dass ich für die wenigen Begegnungen mit ihm so viele Opfer gebracht hatte.

Was hatte mich denn dazu getrieben, mich meinem vierten Ehemann zuzuwenden, obwohl diesen meine Person überhaupt nicht interessierte?

In diese schmachvolle Situation hatte mich das Bedürfnis getrieben, meine von Sehnsucht und Verlusterfahrung verursachten seelischen Schmerzen wieder und wieder nachzuerleben, bis sie wenigstens etwas von ihrer ehemaligen Intensität verloren hatten und besser auszuhalten waren.

Was hatte denn den Wunsch in mir geweckt, Hassan nach vielen Jahren zu suchen, um ihm wenigstens noch einmal zu begegnen?

Es war die Suche nach Antworten auf die beiden Fragen gewesen, was sich damals zwischen Hassan und mir wirklich ereignet hatte und ob uns davon etwas Substanzielles geblieben war.

Was hatte mich denn dazu bewogen, im fortgeschrittenen Alter zum zweiten Mal einen mit viel Einsatz zum Laufen gebrachten Musikunterricht aufzugeben und von jetzt auf nachher nach Berlin zu ziehen?

Hierzu hatte mich nichts anderes motiviert als die Hoffnung, auf den Wegen und Straßen, die ich einst voller Vorfreude auf das Wiedersehen mit meinem Geliebten entlanggelaufen war, noch einmal einen Hauch jenes Glücks zu spüren, das ich nie vergessen werde.

Was hatte mich veranlasst, nach der Beschäftigung mit der russischen Sprache auch noch mehrere arabische Sprachkurse zu besuchen, obwohl ich gar keine Gelegenheit hatte, meine erworbenen Kenntnisse irgendwo anwenden zu können?

Es war die Freude an den in meinen Ohren so wohllautenden Klängen des Arabischen gewesen, das mir an Hassans heißen Liebesschwüren zur schönsten Sprache der Welt geworden war.

Nachdem ich diese Zusammenhänge begriffen hatte, überlegte ich, ob ich noch weitere Teilaspekte meiner Bindung an Hassan isoliert betrachten und für mich zurückerobern könnte.

Die Sinnlichkeit fiel mir ein, die meinem Empfinden nach alle orientalisch geprägten Menschen, denen ich begegnet bin, neben ihrer Schönheit so wohltuend verströmen.

Bei diesen Gedanken regte und streckte sich LAILA, dehnte sich in mir aus und animierte mich dazu, mehr auf meine äußere Erscheinung zu achten.

Ich trug ab da meine Haare offen, glatt und lang und färbte sie tiefschwarz. Außerdem nahm ich mir jetzt die Freiheit, neu anzuschaffende Kleidungsstücke nicht nur deshalb zu kaufen, weil sie preiswert waren, sondern deshalb, weil sie mir gefielen und bestimmte Eigenschaften von mir positiv zur Geltung brachten.

Dabei entdeckte ich die Bedeutsamkeit von Linienführungen und des Zusammenspiels von Farben.

Meine sich verändernde Erscheinung machte mich selbstsicherer und ermöglichte mir freiere und ungehemmtere Bewegungen.

Da es mir überdies gelang, über eine Diät mein Gewicht zu reduzieren, wurde LAILA allmählich nach außen hin wahrnehmbar, und zum ersten Mal im Leben folgten mir Blicke.

In der Rückschau erscheint es mir heute, dass ich zur Zeit von LAILAS Wachstum nicht nur insgesamt zu meiner Sinnlichkeit, sondern auch zu meiner geschlechtlichen Identität als Frau gefunden habe.

Jahrzehntelang hatte ich mich und mein Selbstwertgefühl über meine mir abverlangten Rollen als folgsame Tochter, begabte Schülerin, fleißige Studentin, engagierte Lehrerin, passable Musikerin, zuverlässige Hausfrau, liebevolle Partnerin und treusorgende Mutter definiert und darüber die Entwicklung zu einem anderen, ganz wesentlichen Teil meiner Person versäumt.

Dies war nun nachzuholen.

Das Besondere an dem verspäteten Prozess war, dass ich ihn aus eigenem Antrieb und ausschließlich für mich selbst durchlief, weil ich LAILA unbedingt immer ähnlicher werden wollte, und nicht, weil wieder einmal irgendein Mensch mir etwas abverlangte, was ihm zum Nutzen dienen sollte.

Bei all den Versuchen, Hassan in mir lebendig zu erhalten war es mir doch klar, dass ich eines nirgendwo anders finden und auch durch nichts ersetzen konnte:

Gemeint ist Hassans Verhalten als Mann und Liebhaber.

Als unwiederbringlich verloren betrauerte ich nach wie vor seine zärtliche Zuneigung, seine leidenschaftlichen Umarmungen, seine heißen Liebesbekundungen auf Arabisch, seine in schwermütigen Liedern ausgedrückte Trauer bei unseren Abschieden.

In dem Bewusstsein, dass ich all dies nie mehr wiederfinden würde, ging ich nun neuen Beziehungsmöglichkeiten aus dem Weg.

Ergab sich doch etwas, bedachte ich die Erfahrungen, die ich aus meiner vierten Ehe mitgenommen habe:

Sobald man Eigenschaften und Verhaltensweisen eines Partners entdeckt, die von der eigenen Lebensanschauung auf keinen Fall toleriert werden können, sollte man sich so bald wie möglich wieder zurückziehen, anstatt darauf zu warten, dass der andere sich in die gewünschte Richtung verändern würde.

Dieses Verfahren wandte ich zuerst bei Fatih an, einem Maler aus Ägypten.

Ich lernte diesen Mann bei einer Vernissage kennen. Über ein abstraktes Gemälde in Pastellfarben kamen wir miteinander ins Gespräch. Weil wir in vielen Punkten dessen, worüber wir uns unterhielten, übereinstimmten, glaubten wir, uns grundsätzlich gut zu verstehen und deuteten beidseitig ein Interesse an einem weiteren Kennenlernen an.

Wir verabredeten uns zu einem gemeinsamen Abendessen in einem arabischen Restaurant, was mich natürlich sofort begeisterte.

Tatsächlich verlief der Abend angenehm, war sogar spannend, denn Fatih erzählte mir einiges aus seinem früheren Leben in Kairo. Vielleicht, weil er spürte, dass ich aufmerksam und interessiert zuhörte, vertraute er mir schließlich sogar an, dass er seit dem Zeitpunkt seiner Beschneidung seinem Vater grollte.

Seinen Worten nach sah er sich außerstande, diesem zu verzeihen, dass er ihn der sehr schmerzhaften und von dem jungen Fatih als grausam empfundenen Prozedur hilflos ausgeliefert hatte und ihm auch dann nicht zu Hilfe gekommen war, als der Junge in großer Not nach ihm geschrien hatte.

Fatih schilderte diese schlimme Erfahrung so eindrücklich, dass ich nicht anders konnte, als Mitgefühl zu empfinden.

Der Mann nahm wohl meine Gemütsregungen wahr, denn anschließend lud er mich zu sich ein, er wolle mir seine Bilder zeigen.

Die Gemälde, die Fatih mir bei unserem nächsten Treffen tatsächlich präsentierte, gefielen mir ausnahmslos.

Sie stellten ägyptische Landschaften dar oder einzelne Personen, auch Stillleben aus Früchten und Blumen oder Straßenszenen aus Berlin.

So sehr ich nun überzeugt war, dass Fatih ein begabter Maler war, so entsetzt war ich über den Zustand der Wohnung, in der er lebte und arbeitete.

Bis dahin hatte ich noch nie die Wohnung eines „Messies" betreten und hätte es auch nicht für möglich gehalten, dass jemand seinen Lebensraum so verkommen ließ wie diese Person namens Fatih es tat.

Auf allen Fußböden von Küche, Bad und Schlaf-Wohnzimmer lag kniehoch Unrat, ein Tohuwabohu aus alten Zeitungen, leeren Konservenbüchsen, Essensabfällen, vertrockneten Topfblumen, Flyern, die zu allen möglichen Events einluden, zerknüllten Skizzen, zersplitterten Bilderrahmen und zerbrochenem Geschirr.

Dazwischen gab es jeweils einen schmalen Pfad von etwa zwanzig Zentimetern Breite, damit man die Räume überhaupt betreten konnte.

Es stank widerlich.

Wie sollte ich reagieren bei diesem Anblick einer großen Schweinerei?

In meiner Hilflosigkeit bezog ich mich zunächst auf die Bilder, die zwischen all dem Müll standen, lagen und hingen, und mir, wie gesagt, wirklich gefielen. Um überhaupt Worte zu finden, erklärte ich für jedes Kunstwerk einzeln, aus welchem Grund es mir zusagte.

Dabei beschlich mich schlichtes Grauen.

Als ich in Fatihs Blick tiefe Scham zu erkennen glaubte, suchte ich den Zugang zu diesem Menschen und seiner verkommenen Behausung auf der menschlichen Ebene:

Ich schlug vor, an einem weiteren Termin mit ihm zusammen aufzuräumen und auszumisten, was nicht mehr zu gebrauchen war.

Fatih schien dankbar für dieses Angebot, denn er strich mir zuerst über den Arm, dann versuchte er mich zu küssen.

Mit dem Hinweis, dass es „dafür" noch zu früh sei, wies ich ihn zurück und verabschiedete mich.

Zu dem verabredeten Arbeitstermin brachte ich mehrere große Müllsäcke mit.

Enttäuscht registrierte ich sofort, dass sich der Zustand der Wohnung inzwischen überhaupt nicht verändert hatte.

Das ärgerte mich.

Doch ohne mir meine Verstimmung anmerken zu lassen drängte ich einen müde und lustlos wirkenden Fatih, umgehend mit unserem Vorhaben zu beginnen.

Bereits nach kurzer Zeit gab ich meine Bemühungen auf, Ordnung in das Chaos zu bringen, denn Fatih nahm mir so gut wie jeden Gegenstand vergammelt oder nicht den ich entsorgen wollte, wieder aus der Hand und legte ihn dorthin zurück, wo er sich vor meinem Zugriff befunden hatte.

Mehr als mürrisch erklärte er dann jedes Mal, dass ich keine Ahnung davon hätte, dass ein Maler alles, was ihm unterkomme, für eine eventuelle zukünftige Inspiration aufbewahren wolle und nichts wegzuwerfen habe.

Schließlich erklärte ich, dass ich bei dieser Sicht der Dinge hier fehl am Platze sei, warf meine Abfallsäcke mitten in den Dreck und verließ die Wohnung mit lautem Tür Knall.

Wir haben uns nicht wiedergesehen und auch nie mehr etwas voneinander gehört.

Eine weitere rasche Konsequenz aus einer ernüchternden Erfahrung zog ich in der Begegnung mit Charles aus Togo, der in meinem Schöneberger Wohnhaus im selben Stockwerk lebte wie ich.

Eines Abends klingelte er an meiner Tür, stellte sich mir mit seinem Namen und seinem „eigentlichen Beruf als Philosoph und Schriftsteller" vor, wies auch darauf hin, dass er momentan Asylsuchender sei und fragte dann, ob ich bereit sei, ihm bei der Übersetzung eines seiner Theaterstücke aus dem Französischen ins Deutsche zu helfen.

Überrascht überlegte ich kurz, da ich sehr wohl bemerkte, dass die Augen des Mannes bei meiner Erscheinung auf eine bestimmte Weise aufleuchteten.

Weil er aber insgesamt tadellose Manieren zeigte und mich auch die Art der Hilfestellung reizte, die er sich von mir erbat, sagte ich ihm schließlich meine Unterstützung zu.

Schon wenige Tage danach begannen unsere gemeinsamen Bemühungen, die uns von da an jeden Abend etwa zwei Stunden lang beschäftigten.

Der Text, den Charles über seine ersten Erlebnisse in Deutschland verfasst hatte, rührte mich.

Mehr noch:

Die geschilderten Erfahrungen von teils verdeckter, teils offener rassistischer Diskriminierung empörten mich und weckten Erinnerungen an Erfahrungen von Amal, von Hassan, von all den Asylbewerbern, die aufgrund ihrer Hautfarbe Demütigungen und Unverschämtheiten ertragen mussten.

Wieder war es wohl mein menschliches Mitgefühl, meine Solidarität mit einem Rebellierenden, die diesen dazu bewog, mir seine Zuneigung zu schenken.

Eines Abends küsste er mich einfach auf die Wange, als wir uns beide gemeinsam über eine Textseite beugten und uns dabei sehr nahe kamen.

Ich war überrascht, ließ mir die Zärtlichkeit aber gefallen und ließ auch zu, dass weitere folgten.

Etwa für die Dauer eines Monats waren wir ein Paar.

In der Regel arbeiteten wir zuerst an unserer Übersetzung, danach umarmten wir uns, wobei Charles auf meinem Kassettenrekorder immer dasselbe Lied abspielte, das auf Französisch versprach, nie zu vergessen, was gerade geschah.

Oft zitierte er mir danach noch Sätze oder ganze Passagen aus den Schriften Senecas, über den er in Togo seine Examensarbeit geschrieben hatte und den er sehr verehrte.

Weder von meiner noch von Charles Seite spürte ich bei alldem so etwas wie Leidenschaft.

Wir schenkten uns einfach gegenseitig etwas Wärme und menschliche Nähe, was uns beiden damals guttat.

Die jähe Ernüchterung setzte ein, als Charles mich bat, ihn auch beim Einstudieren seines Theaterstückes beizustehen.

So folgte ich ihm eines Samstagvormittags in den Nebensaal einer Volkshochschule, dessen temporäre Benutzung Charles sich erbeten hatte.

Dort warteten mehrere Personen, die nach seinen Angaben zu seinem Freundeskreis gehörten und mit denen er die einzelnen Rollen seines Stücks besetzen wollte.

Ich war nicht wenig erstaunt, als eine blonde junge Frau sofort aufsprang, als Charles und ich den Raum betraten, auf meinen Begleiter zulief und ihn mit mehreren Küssen auf beide Wangen begrüßte.

Sie strahlte dabei vor Freude und Charles strahlte auch.

Ich begriff sofort, dass es zwischen ihm und der Schönen mehr als nur Freundschaft gab.

Meine diesbezügliche Frage am Abend beantwortete Charles mit der Information, dass er tatsächlich mit der erwähnten Person eine Liebesbeziehung unterhielt, es sei sogar eine Heirat geplant.

Dass dies in seinen Augen jedoch kein Grund sei, seine und meine Liaison aufzugeben, fügte er noch hinzu.

Ich dankte Charles für seine Ehrlichkeit, erklärte aber gleichzeitig, dass ich mich für zu alt empfinden würde, um gegen eine junge Schönheit ein Rivalitätsverhältnis einzugehen, da mir dies nichts als emotionalen Stress bringen würde.

Charles verstand mich und akzeptierte meine Haltung, und wir trennten uns in Frieden.

Wir gingen einander fortan aus dem Weg.

Wenn wir uns zufällig im Haus begegneten, grüßten wir uns freundlich, vermieden aber jede Unterhaltung.

Was aus dem Theaterstück wurde, habe ich nie erfahren.

Nachdem ich das Stadtgebiet Berlin weitgehend erkundet, auch Ausflüge nach Potsdam und in die Weite Brandenburgs unternommen hatte, drängte mich ROMA dazu, meine Fühler noch weiter auszustrecken.

Im Rahmen meiner Versuche, Anteile meiner so wichtigen Begegnung mit Hassan aufzuspüren, wo immer dies möglich war, besuchte ich nun jedes Jahr ein anderes orientalisches Land und dies mit Vorliebe ganz allein.

Das Verfahren war immer das Gleiche:

In Deutschland buchte ich den Flug und den Hotelaufenthalt.

Vor Ort buchte ich entweder eine mehrtägige Rundreise oder einzelne Ausflüge.

Alle Unternehmungen wurden per Bus durchgeführt und von einer deutschsprachigen Reiseleitung begleitet, die uns stets zu meiner Zufriedenheit ausführlich über Land und Leute informierte.

Ohne Ausnahme fühlte ich mich während dieser Unternehmungen sicher, wohlgelitten, freundlich behandelt und gut betreut.

Auf diese Weise sah und erlebte ich viel und vertiefte dabei meine Liebe zur orientalischen Lebensart.

Mehrmals besuchte ich Tunesien, wobei der Wunsch entstand, mich im Alter in dem Künstlerdorf Sidi Bou Said niederzulassen.

Zu herrlich war der Blick aus dem berühmten Café, das schon viele Maler gesehen hat, auf das blaue Mittelmeer und die üppige Bepflanzung auf den Treppen, Stegen und Pfaden, die zum Strand hinunterführten.

Dass ich dieses Vorhaben nicht verwirklichen konnte, bedaure ich zwar, habe mich inzwischen aber damit abgefunden.

In Marokko führte mich eine einwöchige Rundreise in die sogenannten Königsstädte, wobei eine sehr informative Reisebegleitung uns Touristen nicht nur auf den berühmten „Djamal el Fna" in Marrakesch führte, sondern auch auf eindrucksvolle Weise mit den Problemen der Bevölkerung vertraut machte, die schon damals energisch der Moderne zustrebte.

Meine Reise in den Libanon habe ich bereits erwähnt.

Da Hassans Vorfahren ursprünglich in Palästina zu Hause und im Rahmen der Gründung des Staates Israel von dort aus in den Libanon geflüchtet waren, zog es mich auch in die frühere Heimat von Hassans Familie.

Aus organisatorischen Gründen flog ich nach Eilat und fuhr per Bus durch die Wüste Negev bis nach Jerusalem.

Dort traf ich die Mitglieder einer christlich-arabischen Familie, mit denen Amal und ich einen sporadischen Kontakt pflegten, seit der älteste Sohn dieser Leute sich zweimal als arabischer Austauschschüler bei uns zu Hause aufgehalten hatte.

Obwohl ich die Eltern des Jungen zuvor nicht persönlich kennengelernt hatte, holten sie mich mit ihrem Privatauto von der Bushaltestelle ab, fuhren mich in ihr Haus in Bethlehem, servierten mir dort ein arabisches Festmahl und ließen mich bei sich übernachten.

Am nächsten Tag war eine ausgedehnte Besichtigungstour angesagt. Man zeigte mir alle wichtigen christlichen Kirchen sowie die Via Dolorosa, führte mich aber auch noch zur Klagemauer, bevor man mich nach einem Restaurant Besuch wieder in den Bus nach Eilat setzte.

Bei dieser Mammuttour registrierte ich erstaunt, wie bekannt mir die ganze Gegend vorkam, ja, wie vertraut mir alles erschien. Diese hügelige Landschaft, diese Menschen in ihrer landestypischen Bekleidung, ihre Behausungen und einige ihrer Kirchen hatte ich schon als kleines Kind unzählige Male in der großen Bilderbibel meines Vaters gesehen, in der wir Kinder blättern durften, wenn wir besonders brav oder auch krank gewesen waren.

Offensichtlich hatte der Maler seine Darstellung biblischer Szenen vor Ort und ganz nach den archaisch anmutenden Vorlagen, die er dort vorgefunden hatte, angefertigt.

Und weil mir deshalb die ganze Gegend äußerst vertraut erschien, spürte ich jetzt in der Heimat von Hassans Vorfahren das tröstliche Gefühl, nach Hause zu kommen.

EPILOG

Vor einigen Tagen habe ich Hassan wiedergesehen.

Der Anlass war kein freudiger, denn bei diesem Treffen begegnete ich einem alten Mann, der vor zwei Monaten einen Schlaganfall erlitten hatte, seitdem halbseitig gelähmt ist und nicht mehr sprechen kann.

Seine Familie hatte Amal vor zwei Wochen über dieses traurige Ereignis unterrichtet und dabei gemeint, dass Hassan sich inzwischen immerhin soweit erholt hätte, dass er sich über einen Besuch sehr freuen würde.

Amal fuhr zunächst allein nach Berlin.

Erschüttert kehrte er zurück und berichtete mir, dass er seinen Vater zunächst kaum wiedererkannt habe, so abgemagert, grau und ganz und gar ohne Ausstrahlung habe dieser in seinem Rollstuhl vor sich hin gestarrt.

Während des Besuches habe sich dann die bleiern wirkende Teilnahmslosigkeit seines Vaters etwas verflüchtigt, er habe sich aufgerichtet und ab und zu sogar ein Lächeln angedeutet.

Beim Abschied sei dann etwas sehr Ungewöhnliches geschehen:

Seine Frau Aylin habe Amal zugeflüstert, dass sein Besuch Hassan ganz erstaunlich gutgetan habe. Deshalb wäre es schön, wenn Amal bald noch einmal käme und vielleicht auch seine Mutter mitbrächte.

Dies würde ihren Mann sicher sehr freuen, und sie selbst würde ihm auf jeden Fall diese Freude von Herzen gönnen, wo es doch gerade sonst gar nichts zum Freuen gebe.

Ich habe mir die Entscheidung nicht leicht gemacht, als Amal mich fragte, ob ich mir den erbetenen Besuch bei Hassan und seiner Familie zumuten wolle.

Er wisse ja, dass ich seinen Vater über viele Jahre nicht mehr getroffen hätte und die Mitglieder seiner großen Familie auch nicht.

Eine Begegnung nach so langer Zeit würde mich daher auf jeden Fall erschüttern, ob Hassan gesund sei oder nicht.

Doch da ich selbst nicht mehr die Jüngste sei und bereits mit einigen Befindlichkeitsstörungen zu kämpfen hätte, könnte ich vielleicht den Anblick seines Vaters in dessen jetzigem desolaten Zustand nicht verkraften, ohne Schaden zu nehmen.

Amals Fürsorge rührte mich, er hatte ja recht.

Dennoch erklärte ich mich nach einer schlaflosen Nacht dazu bereit, so bald wie möglich gemeinsam mit ihm Hassan und seine Familie zu besuchen.

Sobald wir das Haus betraten, in dem Hassan seit einigen Jahren lebt strömten aus vielen Türen viele Menschen zusammen, junge Frauen mit Kopftüchern, junge Männer mit Bart sowie mehrere Kinder im Kita- und Grundschulalter.

Zuletzt erschien Hassans Frau Aylin.

Sie umarmte mich und bedankte sich dafür, dass wir gekommen seien, und ich dankte ihr für die Einladung.

Beide hatten wir Tränen in den Augen.

Dann stellte sie mir der Reihe nach alle Anwesenden als die erwachsenen Kinder und Schwiegerkinder von Hassan und ihr vor, wobei mich alle herzlich umarmten.

Anschließend forderte sie auch alle Enkel auf, den fremden Besuch zu begrüßen.

Diese Szene spielte sich im Hausflur ab, ohne Hassan.

Als die Leute sich nun Amal zuwandten und auch mit ihm herzliche Begrüßungen zelebrierten, schaute ich zu Hassans Frau, und Aylin wies mir mit ihren Augen den Weg in das Zimmer, in dem Hassan auf uns wartete.

Zögernd öffnete ich die Tür zu ihm.

Für den Moment, in dem Hassan und ich uns wiedersahen, habe ich keine Worte.

Mitten im Raum stand ein Rollstuhl, und in diesem befand sich eine gekrümmte Gestalt, ein schwer beschädigter Mensch, der sich kaum bewegen und kein Wort verständlich artikulieren konnte.

Aber die Augen, Hassans dunkle und so ausdrucksstarke Augen, die gab es noch, die waren unbeschädigt.

Sofort richteten sie sich auf mich, als ich auf Hassan zutrat, und unmissverständlich verrieten sie, dass alles noch vorhanden war, genau wie bei mir, jede noch so kleinste Erinnerung an eine wilde Zeit, in der wir uns liebten, ohne darauf zu achten, was eine verständnislose Umwelt über uns dachte, und welche Fallen sie uns stellte, um uns auseinanderzubringen.

Dass es sich zwischen Hassan und mir um jene Form unsterblicher Liebe handelt, die nichts und niemand wirklich zu zerstören vermag, wussten diejenigen jedoch nicht, als sie uns voller Heimtücke bedrängten.

Aber ich weiß es jetzt, ich weiß es genau.

Und auch Hassan weiß es, und auch Aylin weiß es und alle unsere Kinder, Schwiegerkinder und Enkel wissen es.

Und die ganze Welt soll es wissen:

Leider wird man nicht selten mit Hass, Missgunst, Neid und Zerstörungswillen konfrontiert.

Aber es gibt auch die aufrichtige, unzerstörbare Liebe als allerwertvollsten Schatz, den Menschen in ihrem Leben finden können.

Hassan und ich hatten großes, großes Glück.

DANKE.

HERZ FÜR AUTOREN A HEART FOR AUTHORS À L'ÉCOUTE DES AUTEURS MIA KAPΔIA ΓIA ΣYΓΓPA
HJÄRTA FÖR FÖRFATTARE UN CORAZÓN POR LOS AUTORES YAZARLARIMIZA GÖNÜL VERELIM SZÍV
CUORE PER AUTORI ET HJERTE FOR FORFATTERE EEN HART VOOR SCHRIJVERS TEMOS OS AUTOR
ZDÍNKERT SERCE DLA AUTORÓW EIN HERZ FÜR AUTOREN A HEART FOR AUTHORS À L'ÉCOUT
RAÇÃO ВСЕЙ ДУШОЙ К АВТОРАМ ETT HJÄRTA FÖR FÖRFATTARE Á LA ESCUCHA DE LOS AUTORI
TEURS MIA KAPΔIA ΓIA ΣYΓΓPAΦEIΣ UN CUORE PER AUTORI ET HJERTE FOR FORFATTERE EEN H
LARIMIZA GÖNÜL VERELIM ZDÍNKERT SERCE DLA AUTORÓW EIN HERZ FÜR
SCHRI EMOS OS A ÃO ВСЕЙ ДУШОЙ К АВТОРАМ ETT HJÄRTA FÖR

Die Autorin

Als Tochter eines fundamentalistisch orientierten
Pfarrerehepaars verbrachte Emma Turk ihre Kindheit und Jugend in Rheinland-Pfalz.

Sie studierte Pädagogik und unterrichtete als
Lehrerin für Grund- und Hauptschule in Dörfern
in Rheinland-Pfalz, Baden-Württemberg sowie an
einer Deutschen Schule in Kolumbien.

Aus gesundheitlichen Gründen verlor sie früh ihren
eigentlichen Beruf, konnte sich danach aber noch
eine freiberufliche Existenz als private Musiklehrerin aufbauen. Als solche war sie zuletzt in Berlin
tätig.

Daneben veröffentlichte sie Gedichte in Antholo-
gien, ein Buch über ihre Kindheit im Mauer-Verlag
Tübingen und mehrere Werke über Selfpublishing-
Plattformen, zuletzt über „Mein Bestseller".

Sie war viermal verheiratet, ließ sich viermal schei-
den, hat drei Kinder und neun Enkelkinder und lebt
heute in Hamburg.

Sie ist siebenundsiebzig Jahre alt.

Der Verlag

Wer aufhört besser zu werden, hat aufgehört gut zu sein!

Basierend auf diesem Motto ist es dem novum Verlag ein Anliegen, neue Manuskripte aufzuspüren, zu veröffentlichen und deren Autoren langfristig zu fördern. Mittlerweile gilt der 1997 gegründete und mehrfach prämierte Verlag als Spezialist für Neuautoren in Deutschland, Österreich und der Schweiz.

Für jedes neue Manuskript wird innerhalb weniger Wochen eine kostenfreie, unverbindliche Lektorats-Prüfung erstellt.

Weitere Informationen zum Verlag und seinen Büchern finden Sie im Internet unter:

www.novumverlag.com